www.mayabooks.co.kr

www.mayabooks.co.kr

재벌집 망나니
7대독자

재벌집 망나니
7대독자 ⑦

지은이 | 앤서
펴낸이 | 권순남
펴낸곳 | (주)마야·마루출판사

등록 | 2008. 1. 7(제310-2008-00001호)

초판 인쇄 | 2020. 6. 8
초판 발행 | 2020. 6. 11

주소 | 서울특별시 노원구 동일로237가길 17, 신영산업 **BD 602호**
대표전화 | 02-2091-0291
팩스 | 02-2091-0290
이메일 | marubooks@mayabooks.co.kr

ISBN | 978-89-280-7640-6(세트) / 979-11-368-0472-3
정가 | 8,000원

잘못된 책은 교환하여 드립니다.
저자와 협의하여 인지를 붙이지 않습니다.

「이 도서의 국립중앙도서관 출판시도서목록(CIP)은 서지정보유통지원시스템 홈페이지(http://seoji.nl.go.kr)와 국가자료공동목록시스템(http://www.nl.go.kr/kolisnet)에서 이용하실 수 있습니다.」
(CIP제어번호:CIP2020022454)

MAYA&MARU MODERN FANTASY STORY

재벌집 망나니 7대독자

앤서 현대 판타지 장편소설

7

❖ 목차 ❖

제1장. 탐욕의 끝 (2) ⋯007

제2장. 테라 페이 데이 ⋯061

제3장. See You On The Other Side ⋯103

제4장. 모든 길은 테라로 통한다 ⋯155

제5장. North Korea ⋯211

제6장. 기술이 이긴다 ⋯253

제7장. 금시초문 (1) ⋯293

재벌집 망나니 7대독자

*이 소설은 픽션입니다. 모두 허구임을 알려 드립니다.

제1장

탐욕의 끝 (2)

재벌집 망나니
7대독자

 창당을 지원하기로 한 지 두 달이 흘러가 2015년 6월이 되었다.

 그러나 그 이후 이진은 여러 차례 요청에도 불구하고 창당을 준비하는 의원들을 만나지 않았다.

 오민영이 왜 전칠삼의 연락을 받지 않느냐고 물으면 이렇게 대답했다.

 "훌륭한 연극은 흥미로운 겉모습이나 단 한 번의 특별한 장면으로 만들어지는 게 아니에요."

 그렇게 말하면 오민영은 무슨 뜻인지 몰라 어리둥절한 표정을 지었다.

 2015년을 강타한 것은 다름 아닌 메르스란 전염병이었다.

중동을 발원지로 하는 병균은 오히려 중동보다 한국에서 더 퍼져 나갔다.

"그럼 오늘은 내근을 하시겠습니까?"

"아니요. 오늘은 엔터테인먼트에 한번 갑시다."

"예?"

"왜요?"

이진은 오민영이 당황하자 일부러 되물었다.

오민영의 뺨이 붉어졌는지는 화장 때문에 확인할 수 없었다.

엔터테인먼트 역시 2조의 거액을 투자하고는 두 달째 일언반구도 언급하지 않았다.

사실상 따지고 보면 이런 이진의 패턴은 그저 흥미가 없어지거나 혹은 무관심으로 보였다.

그래서 여기저기서 수군대는 소리들이 들리곤 한다.

하지만 이 역시 고도의 전략이었다.

이 전략에 대해 감을 잡은 사람은 메리 앤이거나, 안나이거나 혹은 어머니 데보라 킴뿐이었다.

이 전략을 아버지 이훈은 루스벨트 전략이라고 불렀다.

프랭클린 루스벨트는 특정한 순서와 리듬에 따라 정치적 사건을 배열해 위기를 뚫은 타고난 전략가였다.

1932년.

테라에도 중요한 시기였지만 미국 역사에서도 중요한

때였다.
 공황이라는 심각한 경제 위기에 봉착했기 때문이다.
 많은 은행들이 문을 닫고 경제 지표들이 바닥을 찍을 때, 루스벨트는 대통령이 되었다.
 그만큼 국민들이 거는 기대가 컸다.
 그러나 그는 선거에 승리한 후 산적한 미국 내 문제에 대해 일언반구도 하지 않았다.
 사람들은 기대와 우려 속에서 루스벨트의 취임을 기다렸다.
 루스벨트가 움직인 것은 취임 연설부터였다.
 그 전까지 사람들은 루스벨트가 답을 내놓지 못할 것이라고 수군거렸다.
 그러나 루스벨트는 취임 연설 이후 급격하게 결단력을 발휘해 개혁을 주도해 나갔다.
 이런 전략은 국민들에게 커다란 임팩트를 주고도 남았다.
 중요한 것은 손에 쥔 패를 보여 주지 말고 극적 효과를 최대화할 수 있도록 순서를 바꾸는 것이었다.
 극적 효과를 창출하는 다른 수단은 일이 클라이맥스에 다가선 시점에서 승리의 징조를 보여 주고 대범한 결단력을 내리는 것이다.
 이진은 이런 두 가지 클라이맥스 전략에 집중하고 있었다.
 이는 카이사르가 루비콘 강을 건너는 과정과 같아야 한다.

이런 교육은 이진이 어린 시절 메리 앤과 로버트 그린 위스콘신 대학 교수에게 직접 사사한 산지식이었다.
그리고 그런 커리큘럼은 모두 아버지 이훈이 남겨 놓은 것이었다.
가만히 박주운의 입장에서 들여다보면 테라 가문의 교육열은 치밀하며 대담했고 많은 비용을 요구했다.

마포의 한영 엔터테인먼트 사옥에 도착하기 직전, 오민영이 말했다.
"회장님! 엔터테인먼트의 실적이 아주 저조합니다."
"그래요? 한데 오 비서님이 엔터테인먼트 대변인인 것 같네요."
"죄송합니다."
"아니에요. 농담입니다. 이제 두 달이에요. 실적 내기는 무리죠."
이진이 싱긋 웃었다.
예고된 방문이 아니었다.
오민영이 송서찬에게 미리 연락을 했겠거니 했는데, 하지 않은 모양.
차가 사옥 앞에 도착하자 경비원이 황급히 뛰어나왔다.
사옥 양옆에는 팬으로 보이는 여자아이들이 바글거렸다.
이진이 차에서 내렸다.

"무슨 일이신지……."

"테라 회장님이세요. 송 이사님 뵈러 왔어요."

"아! 바로 연락드리겠습니다."

경비원은 어이없게도 이진을 내버려 두고 안으로 들어갔다.

아이돌 그룹 때문인지 정신이 없어 보였다.

"들어가시죠, 회장님!"

오민영의 말에 이진은 사옥 안으로 들어갔다.

"7층부터 10층까지 4개 층을 사용하고 있습니다."

"단독 건물이 아니에요?"

"제가 알기로는 송 회장님이 허락하지 않으셔서……."

"흠!"

안나가 쪼이는 바람에 투자를 받고도 사옥을 옮길 수는 없었던 모양이었다.

7층으로 올라가자 HY란 대형 이니셜이 보였다.

그리고 그 밑으로는 테라 그룹 계열이란 작은 글씨.

이진은 피식 웃고 말았다.

송서찬이 부지런히 테라 그룹 계열이란 사실로 섭외를 하고 활동을 해 온 것이 분명했다.

그러나 지금 볼 때 그다지 좋은 성과를 올리고 있는 것으로 보이진 않았다.

"어서 와… 아니, 오십시오, 회장님!"

"바쁜가 보네?"

반말을 하려던 송서찬이 주변 사람들을 의식해 말을 고쳐 가며 인사를 했다.

이진은 그냥 늘 했듯이 물었다.

"조금 바쁩니다. 오 비서님도 어서 오세요."

"나보다 오 비서님이 더 반가운 모양이지?"

"그게 아니라……. 일단 들어가시죠."

이진이 능청을 떨자 송서찬은 서둘러 안으로 안내를 했다.

총괄 이사 송서찬.

명패는 그렇게 쓰여 있었다.

혼자 이것저것 안간힘을 쓰는 모양이었다.

차가 나오고 나자 송서찬이 오민영의 눈치를 보다가 물었다.

"한데 어쩐 일로……."

"투자를 했으니 잘 운용이 되어 가는지 알아보려고 왔지."

"이제 시작이라……."

"뭐가 어려운데?"

송서찬이 쉽지 않은 것만은 분명해 보였다.

오민영도 귀를 쫑긋 세운다.

"곧 상장을 추진할 거라는데도 씨가 안 먹혀."

"그게 무슨 뜻이야?"

"스카우트가 안 돼. 소속 연예인이 너무 소소하니 여간한 연예인들은 아예 이적할 생각도 안 해."

"그런 건 전문가에게 맡겨야지."

"전문가에게 맡겨도 그래. 일단 우리가 테라 계열 회사란 걸 믿으려고 하질 않아."

"어째서?"

이진은 물어야 했다.

한영 엔터테인먼트가 워낙에 소소한(?) 사업이라 그다지 그 내막을 자세히 알지는 못하고 있었다.

사실 이진의 입장에서는 있으나 없으나 한 것이 한영그룹 자체였다.

안나는 할아버지 이유의 유지를 받들어 한영 주식을 전부 셋째 이선에게 상속한다는 유서까지 남겨 놓은 상태.

그러니 지금 이진이 주인이나 마찬가지였지만, 그럼에도 그냥 안나의 회사란 생각이 들 뿐이었다.

대답은 오민영이 했다.

"송 이사님이 이 분야에서 성공한 전력도 없고 또 업계에 발을 들인 것이 몇 년 되지 않아 아직은 신뢰가……."

"신뢰가 없다? 그럼 만들어야지."

이진은 아무렇지도 않게 답을 내놓았다.

"어떻게……."

"그건 그렇고, 황영철 동생은?"

"아, 스카우트했어."

송서찬의 대답을 오민영이 정정하고 나섰다.
"사실 스카우트라고 할 것도 없습니다. 어차피 SN에서 버리려고 한 것을 큰돈 주고 주워 온 것입니다."
오민영이 송서찬을 노려보다시피 하며 이진에게 설명을 했다.
"험! 황하연이 그렇게 자질이 없어요?"
"예. 제가 봤을 때는 가망성이 없어 보였습니다."
"걸그룹이라고 그랬죠?"
"예. 오 마이 레몬이란 걸그룹입니다. 톡톡 쏜다나 뭐라나……."
오민영이 주절거리다가 입을 닫았다.
너무 앞서간 것을 깨달은 것이다.
"황하연만 그래요, 아니면 나머지 다 그래요?"
"멤버가 넷인데 나머지 세 조각은 괜찮습니다. 황하연을 끼워 넣어 문제가 된 것이지요. 그보다 문제는……."
그만하면 설명이 됐다.
SN에서 황상진 의원 때문에 받긴 받았는데, 데뷔할 능력조차 없는 것이다.
이진이 말을 가로막았다.
"오 비서님이 나가서 오늘 회사에 있는 연예인 몇 분만 모시고 와요."
"예, 회장님!"
오민영이 송서찬을 다시 한 번 노려본 후 나갔다.

"어째 분위기가 싸하다?"
"그게… 능력 없다고 욕먹었어."
"오 비서님한테?"
"응."
딱 보니 송서찬에게는 친구로서의 위로가 필요해 보였다.
약간 이해가 가질 않았다.
오민영은 굉장히 합리적인 데다가 긍정적인 스타일이었다.
게다가 업무 효율을 극도로 끌어올리는 방법을 안다.
그런 오민영이 아무리 연인으로 발전하고 있다지만 송서찬에게 욕을 안겼다는 것이 믿기지 않았다.
더 물으려던 이진.
아무래도 자신이 나설 일이 아닌 것 같아 오히려 변명을 했다.
"그게 아마 메리가 워낙에 좀 빡빡하게 키웠잖아. 게다가 우리가 일이 많고. 한 몇 년 치이면서 자기가 발전한 걸 까먹은 모양이네."
"위로하지 않아도 돼. 다 나 잘되라고 민영 씨가 그러는 거니까."
"그럼 됐고. 아무튼 이렇게 하자. 요즘 오디션 프로그램 많아졌지?"
"당연하지. 슈퍼스타 K를 시작으로 우후죽순 생겨났지. 경쟁도 치열해."

"너도 그런 걸 해 봐."

"생각 안 해 본 건 아니야. 한데 이제 와서 우리가 한다고 달라지는 게 있을까?"

"달라지지. 어떻게 하느냐에 따라서……."

이진이 송서찬을 향해 씽긋 웃었다.

송서찬의 안색이 굳어진다.

"참! 지금 대표이사가 너 아니지?"

"그게… 사실 난 경영에는 개입을 안 해. 영입하고 매니지먼트 팀들만 관리하지."

"그럼 경영은 누가 하는데?"

"…사실은 아버지가 추천한 분이…….."

"뭐? 그걸 안나가 알아?"

"아니. 고모가 알았으면 벌써 난리가 났지."

이진은 어이가 없었다.

"그럼 넌 왜 그러고 있는 거야?"

"아버지가 너무 원하셔서… 가족들도 다 그렇고……. 처음에는 자리만 맡을 수 있게 해 달라고 했는데, 점점 이것저것 관여하네."

이진은 곧바로 오민영이 송서찬을 노려본 이유를 알 수 있었다.

오민영은 답답했을 것이다.

그러나 시아버지가 될지도 모르는 분의 험담을 직접적

으로 이진에게 하기도 어려웠을 것이고 말이다.

 게다가 두 달 전까지 이진은 엔터테인먼트가 있는지 없는지조차 묻지 않았었다.

'결국 안나 말이 맞는 건가?'

안나가 우려한 일이 이런 것인가 싶었다.

"미안하다."

"네가 미안할 건 아니고. 이번 투자금은?"

"아직 집행하지 않았어. 걱정 마. 그 돈은 절대 안 내놓을 테니까."

이진은 어이가 없었다.

곧바로 송서찬의 뺨을 양손으로 잡은 이진.

"너 내가 2조 원에 신경이라도 쓸 사람으로 보여?"

"그건 아니지만……."

송서찬의 눈에 습기가 생겨난다.

이 순진하고 열정만 아는 녀석.

아마 그런 송서찬에게 오민영은 반했을 것이다.

그런데 이 정도면 실망만 깊어 갈 것이 확실했다.

"어르신은 뭘 원하시는 거야?"

"한영을 되찾고 싶어 하셔. 그게 얼마나 어리석은 생각인지 아무리 말씀드려도 소용이 없어. 심지어 내가 한영 주식을 고모 다음으로 가지고 있고 다음 회장이 될 거라고 말씀드려도 안 통해."

답답한 노릇이 아닐 수 없었다.
이진이 물었다.
"내가 도와줘?"
"그럼 좋지."
"그럼 진즉에 상의하지 왜 망설여?"
"그게… 참 어려운 문제더라."
송서찬이 결국 눈물을 흘렸다.
부자간의 갈등, 누나와도 갈등이 있었을 것이다.
그렇다고 이렇게 가도록 내버려 둘 수는 없었다.
그때, 오민영이 누군가와 함께 안으로 들어왔다.
중년의 신사였다.
"내가 연예인 데려오라고 했을 텐데?"
"그게… 다들 스케줄이 있답니다."
"황하연은 연습생인데도 스케줄이 있어요?"
"죄송합니다. 여기 송창규 엔터테인먼트 사장님이 먼저 인사를 드린다고 해서……."
오민영은 죽을상이었다.
이진은 곧바로 입을 열었다.
"송인규 명예 회장님 막냇동생이시죠?"
"예, 맞습니다. 누님이 테라에 계십니다."
안나의 남동생이다.
더 말할 것도 없었다.

"더 대화라도 나누고 싶지만 그럴 시간이 없네요. 언제 안나하고 한번 놀러 오세요."

"감사드립니다."

송창규가 인사를 했다.

그러나 성북동에 올 가능성은 없었다.

이진은 더 말없이 밖으로 나왔다.

차에 탄 이진이 오민영에게 말했다.

"내일부터 여기로 출근해요."

"예? 그럼 회장님께서 직접……."

"아니요. 서찬이가 직접요. 우리 팀을 데려다가 단시간 내에 서찬이가 중심이 되는 체계로 바꾸세요."

"…회장님! 전 회장님 비서입니다."

오민영이 입을 열었지만 이진은 개의치 않았다.

"자금도 필요한 만큼 더 투입해요. 건물도 사고, 방송국에 슈퍼스타 K 같은 프로그램도 하나 론칭해요. 아마 서찬이 마음속에는 그런 열정이 가득할 거예요. 그걸 지금 어르신이 막고 있는 거죠."

"…알아주시니 감사합니다만……."

"그걸 다 할 수 있게 해 줘요. 전결로 추진해 봐요. 결과만 봅시다. 황하연하고."

이진은 그렇게 말하고 눈을 감았다.

❖ ❖ ❖

오 비서를 송서찬 곁에 붙여 놓고 나자 일이 빨리 진행되었다.

한영 엔터테인먼트는 곧바로 이름부터 바꿨다.

테라와 직접 연관이 있다는 것을 강조하기 위해 T엔터테인먼트가 되었다.

한 달이 지나고 나서 이진은 다시 T엔터테인먼트에 초대를 받았다.

사진을 찍기 위해서였다.

가장 먼저 오 마이 레몬이 불려 왔다.

"오! 네가 하연이구나. 나 네 오빠 친구야."

미리 말을 해 두지 않았는지 멤버 넷은 이진이 누구인지 전혀 감을 못 잡고 있는 눈치였다.

황하연이 송서찬을 향해 의문을 표했다.

그러자 송서찬이 빙긋 웃는다.

"잘 보면 생각이 날 텐데?"

"글쎄요. 오빠 미국 친구셨어요?"

"하하하! 테라 이진 회장님이시잖아?"

"어머나!"

오 마이 레몬 멤버 넷이 동시에 소스라치게 놀랐다.

한영이 테라와 관련이 있다는 걸 알았지만, 설마 테라 회장이 직접 이곳까지 와서 자신들을 불렀으리라고는 생각하지 못한 것이다.

그만큼 이진은 만나기 힘든 사람이었다.

대통령도 단 한 번 외에는 만나지 못했다는 소문이 자자했으니까.

"안녕하세요, 회장님!"

"아! 오빠라고 불러. 다들 보니까 정말 레몬처럼 톡톡 튀네."

황하연은 물론이고 멤버 넷이 모두 얼굴을 붉혔다.

"자! 앉아."

이진은 멤버들을 자리에 앉혔다.

그리고 물었다.

"오늘 내가 여기 온 것은 다름이 아니라 애로 사항이 있나 듣기 위해서야."

애로 사항.

이진이 박주운이었을 때 군대에서 혹은 성산에서 많이 쓰던 단어다.

사실 요즘은 이런 단어를 별로 쓰지 않는다.

그냥 뭐 힘든 일 없느냐고 묻는다.

애로 사항은 따지고 보면 군대 용어나 다름없다.

대체적으로 애로 사항을 말하면 오히려 그게 문제가 되는 것이 일종의 문화처럼 자리 잡은 때도 있었다.

사회가 그만큼 불투명하고 더러웠을 때 일이다.

그러나 그런 사회적 발전은 다른 중요한 부분들과 연동해 발전한다.

인간의 욕구.

그것도 가장 기본적인 욕구는 생존이다.

'무슨 개소리야? 요즘 못사는 사람이 어디 있다고?'

이렇게 생각할지도 모른다.

하지만 바로 이해할 수 있다.

현재의 사회에서의 위험은 인체의 기관들이 인지할 때 구석기 시대의 거대한 맹수인 검치호랑이와 같다.

역시 무슨 개소리?

그렇게 머리로 생각할 수 있겠지만 우리 몸의 세포들은 그렇게 인지한다.

검치호랑이가 없는 대신 자동차나 혹은 불량배, 강도, 심지어 날 헐뜯는 동료들까지 모두 검치호랑이처럼 위험한 존재로 인지하는 것이다.

이런 인체 기관의 반응은 대체적으로 중요한 세 가지를 실천하기 위한 자동 반응이나 다름없다.

우리 몸 세포를 구성하는 미토콘드리아는 자동적으로 3F라는 것에 집중한다.

하기 싫다고 해도 그렇게 된다.

3F는 두려움(Fear), 음식(Food), 번식(Fuck)을 말한다.

이것을 요즘 말로 순화한다면 돈, 권력, 섹스가 된다.

알지도 못하는 사이 우리 인간의 몸은 곧바로 이 세 가지로 인식한다.

즉, 자동차가 달려오면 검치호랑이가 자신을 먹으려고 달려들 때랑 같은 반응을 일으키는 것이다.

오 마이 레몬의 네 멤버는 이진을 만나자마자 곧바로 그런 자동 반응을 일으키고 있었다.

잘하면 연예계를 씹어 먹을 스폰서를 만나 권력을 가질 수도 있고, 지금 이 자리에서 쫓겨날 수도 있다.

또 이진을 꼬시기만 하면 설사 그 자리가 공식 부인인 메리 앤의 뒤 서열이라고 해도 어디서도 볼 수 없는 부의 정점에 오를 수도 있다.

호의호식은 기본.

일단 이진은 호의적이었다.

"오빠는 어떻게 지내니?"

"예. 사업하느라 바빠서 잘 못 봐요."

황하연이 부끄러운 척하며 대답했다.

입은 옷을 보니 셋은 모두 반팔을 입었는데 황하연만 반팔에 한쪽 팔에는 토시를 찼다.

"그럴 게 아니라 멤버 한 명씩 면담을 해 보는 게 어때? 새로 출범할 T엔터테인먼트 핵심 걸그룹인데?"

송서찬이 오민영이 시킨 대로 레퍼토리를 읊었다.

"그럴까? 누구 편애한다는 소리 듣겠네."

이진은 황하연을 두고 그렇게 말하며 일대일 단독 면담을 받아들였다.

"자! 너희한테 이 기회가 어떤 건지 알지? 다들 마음에 있는 말들을 회장님께 말씀드리면 돼. 먼저 리더 서연이부터 하자."

송서찬이 설레발을 치면서 황하연을 비롯한 3명을 데리고 자리를 피했다.

서연이란 예명을 가진 리더만 이진과 함께 남았다.

"SN에서 번번이 데뷔가 무산된 것 맞죠? 그 이유가 뭐예요."

"그게……."

이진의 물음에 서연은 대답을 하지 못하고 바닥만 바라봤다.

"내가 보기에 서연 씨를 비롯한 멤버들 비주얼도 그렇고, 댄스 실력도 듣기에 괜찮다던데……."

"감사합니다."

아기 같은 목소리로 대답하는 서연.

이진은 오랜만에 사실 심쿵했다.

보기 드문 미모다.

게다가 어리고 음악적 재능도 있는 아이다.

"멤버들이 안 맞죠?"

"예? 아, 아닙니다."

"아니긴……. 내가 듣기로 원래 3명이었는데 나중에 황하연이 들어오면서 계속 삑사리가 났다고 하던데?"
"예? 호호호!"
삑사리란 말에 서연이 웃었다.
말이 헛 나왔다.
이럴 때면 메리 앤도 이상한 눈초리를 주곤 했었다.
그러나 서연은 그런 이진의 말이 재미있는 모양이었다.
"뭐가 재미있어요?"
"회장님은 그런 말 안 쓰실 것 같은데……. 죄송합니다."
"안 쓰긴? 그건 내 최불암 유머를 못 들어 봐서 그래요."
"예?"
역시 못 알아듣는군.
이진은 다시 본론으로 들어갔다.
"내가 보기에 오 마이 레몬이 네 쪽이라면 그중 하나가 썩은 걸로 보여요. 음악하고는 관련도 없고 사생활도 좋지 않은데, 국회의원 아빠 빽으로 들어와 SN에서 이러지도 저러지도 못한 거지."
"……."
이진이 까발리자 서연은 놀랐다.
그러고는 금방 방울방울 눈물을 흘렸다.
아마 이진이 아니었다면 누구에게도 인정을 못 받았을 것이다.

그게 누구든 황상진 의원의 입김에 영향을 받았을 테니 말이다.

하지만 이진은 다르다는 걸 아는 모양이었다.

이진이 덧붙였다.

"멤버 하나가 노래도 안 되고, 춤도 못 추고, 남자관계도 복잡하고, 항간에 약을 한다는 소문도 있고……."

"흑흑! 하지만 어쩌겠어요? 아까 보셨죠."

"팔 가린 거 주삿바늘 자국 때문인 거죠?"

"그런 것 같아요. 저희는 뭐라 할 수도 없고 해서……. SN에 연습생으로 들어간 뒤 3년 동안 하연이 때문에 아무것도 못 했어요."

"……."

역시 예상대로였다.

그 나물에 그 밥.

이진이 입을 열었다.

"나도 그 심정 이해가 가네요. 하지만 지금 서연 씨가 그런 걸 입에 올리지 못할 만큼 황상진 의원의 권력은 무서워요."

"그럼 저희는 어떻게……."

"그래서 내가 온 거예요. 일단 하연이를 솔로로 데뷔시키는 척 빼 줄게요. 그리고 그사이 연습해서 오 마이 레몬은 먼저 데뷔를 하는 걸로 가죠."

이진은 그렇게 둘러댔다.

아이들에게 부담스러운 일을 짊어지게 할 수는 없었다.

누구를 징치하기 위해 다른 누군가의 희생을 요구한다면 그게 옳은 일이겠는가?

밑밥은 먼저 깔아 놓은 상태였다.

"일단 외형적으로는 그렇게 할 거예요. 그래서 미리 부른 거예요. 대신 그동안 황하연에 대해 들은 걸 말해 줘야 해요."

"즈, 증언을 해야 하는 건가요?"

서연이 덜컥 겁을 먹는다.

"하하하! 그럴 리가요. 그냥 보고 들은 것만 이야기해 주면 나머지는 알아서 할게요. 오늘이 처음이자 끝이에요. 그렇게 해 주실래요?"

"…예."

서연이 대답을 하고 나자 방문이 열리면서 오민영이 들어왔다.

"회장님!"

"음, 그냥 편하게 이야기만 들어요. 그리고 더 이상 멤버 세 분은 더 관여시키지 말아요."

이진은 그렇게 말하고 자리를 피했다.

밖으로 나온 이진은 바쁘다는 핑계로 다시 회사로 돌아왔다.

◆ ◆ ◆

며칠 후 저녁.

성북동으로 중년의 정장 남자들이 하나둘씩 은밀하게 모여들었다.

20여 명은 모두 전칠삼이 구성한 신당의 창당 멤버들이었다.

현직 국회의원과 국회의원에 출마할 사람들로 이진과의 면담이 시작된 것이다.

"어서들 오세요. 이진입니다."

이진은 경회당으로 들어가 편안한 자세로 인사를 했다.

한 명씩 악수를 하고 소개가 끝이 나자 잠시 침묵이 흘렀다.

"당부의 말씀을 먼저 하심이……."

"에이! 당부라니요? 그런 거 없습니다."

전칠삼의 말에 이진은 손사래를 쳤다.

"하오면?"

"질문을 받겠습니다. 어르신은 자리를 좀……."

이진은 먼저 질문을 받겠다고 했다. 그리고 전칠삼을 내보냈다.

자리에서 일어난 전칠삼이 쭉 노려본 후 밖으로 나갔다.

이진은 쓴웃음을 지어야 했다.

"신당 창당 준비가 되어 가고 있다고 들었습니다. 수고가 많으십니다."

"감사드립니다. 테라의 정치 자금 지원으로 편안하게 시작할 수 있었습니다. 제가 먼저 질문을 드리겠습니다."

"예. 오 의원님!"

오창식 의원이 대답을 했다.

현역 의원으로 무소속이었다.

"사실 우리 쪽 의원들이나 출마 예정자들도 의아해하는 부분입니다. 회장님께서 정말 바라시는 것이 무엇인지……?"

"그렇습니다. 항간의 소문처럼 정말 조선조 왕가의 후손이시라 그 구원을 이루시려는 것인지, 아니면……."

"이해합니다. 답답들 하시겠죠."

답답할 것이라는 걸 이진도 잘 알고 있었다.

사실 이진은 얻을 것이 없다.

이진이 대통령이 되어도 얻을 것이 없기는 마찬가지다.

대통령을 하려면 미국에서 하는 것이 오히려 얻을 것이 많다.

권력도 아니다.

테라는 정치권력은 아니지만 경제 권력을 이미 손에 쥔 상태다.

어느 나라 정부도, 어느 기업도 테라에 정면으로 맞대응할 수 없는 상황이다.

권력이 아니면 돈이어야 한다.

한데 이진은 돈도 많다.

그것도 세계에서 가장 많다.

대체 왜 할까?

정말 이해하기 힘든 부분이 아닐 수 없을 것이었다.

차라리 안 하는 게 더 자유롭지 않을까?

이미 미국에서는 웨스트버지니아 상원 의원에 이진이 나설 것이고, 이어 미국 대통령에 도전할 것이란 가십 기사도 툭하면 터져 나오는 지경.

근데 한국 정치라니?

"모든 분들이 궁금하실 거예요. 사실 난 단순해요."

"어인 말씀이신지……."

오창식 의원은 아주 조심스럽게 되물었다.

"나와 우리 가문에는 절대 용서할 수 없는 적이 있어요. 그중 한국 정치권에도 상당수 있죠."

"하면 개인적인 복수를 위해 정치에 개입하시겠다는 말씀이십니까?"

누군가가 툭 튀어나왔다.

오창식 의원이 난처한 표정을 지었다.

"예. 맞아요."

"저희를 놀리시는 겁니까?"

"그럴 리가요."

"하면 정말 개인적인 복수와 연관해서 창당을 통해 정치권에 개입하시려는 의도이십니까?"

"그건 아니고요."

이진이 빙긋이 웃었다.

"우린 서로 통하는 거예요. 내 복수는 정치권이 정말 국민을 위할 때 자동적으로 이루어지는 것이거든요."

"그 말씀은?"

"그러려면 의원님이나 정치를 하시는 분들의 개인적인 욕구도 이루어져야지요."

모두 의아해한다.

다시 이진이 좌중을 쓸어 본 후 입을 열었다.

"여러분이 필요로 하는 모든 것을 제가 부담할게요. 그러니까 여러분은 정말 그냥 국민을 위한 정치를 하시면 돼요."

"그 말씀은……."

"다들 이해가 상충하시잖아요. 개인적인 욕구와 정치적인 이상이 충돌하지 않나요?"

아무리 그렇게 하지 않으려 해도 그렇게 될 것이다.

그러니 그런 개인적인 욕구는 테라가 다 충족시켜 줄 테니 순수하게 정치만 하라는 말이었다.

이진이 다시 입을 열었다.

"난 도덕적으로 그렇게 완벽한 사람이 아니에요. 그래서 털면 다 나와."

"하하하! 무슨 그런 말씀을……."

이진의 농담 한마디에 분위기는 갑자기 부드러워졌다.

"그래서 난 정치 못해요. 국민보다 테라를 지키려 들 테니 말이에요."

"하오나 저희도……."

"아니에요. 여러분은 테라를 지키실 필요 없어요. 국민을 위해 당리당략을 버리고 정말 옳은 일만 하면 돼요. 그게 테라를 지키는 일이고 테라를 살리는 일이에요."

"그 말씀이시라면 회장님께서 당연히……."

오창식 의원의 말에 이진이 다시 손사래를 쳤다.

"난 이미 똥물 튀긴 사람이에요. 그러니까 여러분은 옳은 길을 가세요. 옳지 않은 일을 개인적인 일로 해야 한다면 테라가 해결해 드리겠습니다."

이진은 그렇게 말하고 좌중을 훑어본 후 말했다.

"탐욕스러운 자들을 끌어내리세요. 입만 열면 국민, 국민 하면서 국민들 등쳐 먹는 정치인들을 끌어내립시다."

이진의 말이 이어졌다.

"내가 정의면 상대는 악. 프레임에 눈이 멀어 자기 아니면 세상을 바꿀 사람은 없다고 말하는 사람들만 가득합니다."

"그렇습니다. 회장님! 대통령 선거만 봐도 그렇지 않습니까? 5 대 5의 기본 프레임에서 그다지 벗어나지 못합니다. 제 편, 네 편 가르는 것에 익숙한 탓이지요."

다른 의원 한 명이 이진의 말을 두둔하고 나선다.

그러자 오창식 의원이 빙긋 웃으며 이진에게 말했다.

"굉장히 이상적이십니다, 회장님!"

"우리가 끝을 보고 가는 건 아니잖아요? 오늘 당장 필요한 것을 정치가 해야죠."

"예. 그 말씀에 전적으로 동의합니다."

오창식 의원이 다시 말했다.

"회장님께서는 그럼 무엇을 얻게 되십니까?"

"나요? 글쎄요. 난 더 이상 걱정하지 않아도 되는 나라?"

이진은 그렇게 말했다.

말도 많고, 일도 많지만 그래도 정치권이 국민을 위해 일할 것이기에 해결해 나갈 것이라는 믿음.

그것이면 족할 것 같았다.

어찌 보면 어느 나라, 어느 국민이라도 그걸 바랄 것이다.

이진의 생각은 단호했다.

인생은 비극이다.

그걸 인간이 어찌할 수는 없다.

그러나 그 비극이 더 악화되어 불지옥으로 변하지 않게는 할 수 있을 것이다.

그거면 족하지 않을까?

그래서 많은 돈을 들이려는 것이었다.

어쨌거나 내 나라에서 정치를 하는 사람들은 국민을 위해 일할 것이라는 믿음…….

너무 이상적일까?

사실 그래도 상관없었다.

"구체적인 문제는 이제 두 어르신들과 상의해서 진행해 주세요. 전 사실 이 자리에 있어도 그쪽으로는 영……."

이진은 그렇게 할 말을 하고 자리에서 일어났다.

성북동 모임이 끝난 후, 얼마 지나지 않아 여기저기서 황상진 의원에 대한 소문이 돌기 시작했다.

연예인 지망생 H의 마약설로 시작된 루머는 곧 아버지가 여권 실세 H 의원이라는 소문으로 비화되었다.

곧바로 황상진 의원의 이름이 거론되기 시작했다.

황상진 의원은 즉각 대응에 나섰다.

거짓 소문을 빌미로 자신의 가족들을 음해하려는 세력이 있다는 내용이었다.

그러나 그 소문을 근거로 테라 엔터테인먼트에서 황하연을 방출했다는 소식이 전해지자 파장은 일파만파로 확대되었다.

그리고 곧 아들 황영철에게도 화살이 겨누어졌다.

기자회견과 해명이 이어졌지만 황상진 의원을 향해 쏟아지는 의혹을 막기는 어려워 보였다.

여권은 세월호 후유증을 여전히 겪고 있었는데, 그 일에 이런 추문까지 전해지자 잔뜩 긴장한 모습.

황상진 의원이 전전긍긍하는 사이, 곧바로 가칭 '민주번영당'이라는 이름의 신당 모임이 결성되었다.

처음에는 정치권의 조그만 이슈 정도였다.

명확하게 좌우로 갈라진 정치권 어느 한편에 작은 정치인 모임 하나 만들어졌다고 여기는 분위기.

그러나 곧 창당 발기인 모임이 진행되고, 현역 의원만 20명이 넘는다는 소문이 퍼지자 주목을 받기 시작했다.

이진은 전혀 관여하지 않고 그저 지켜보기만 했다.

여름방학을 하면 가족들이 함께 뭉치게 되니 그때만 기다려졌다.

기다리던 방학을 열흘 앞둔 7월.

오민영의 일을 대신 맡아 하고 있는 최성경 비서가 안으로 뛰어 들어왔다.

오히려 이진이 놀라 벌떡 일어나야 했다.

"무슨 일이에요?"

"회, 회장님, 큰일 났습니다."

"무슨 일인데요?"

"그게… 둘째 도련님이……."

"요는 학교에 있잖아요."

이진은 무슨 일인지 영 감을 잡을 수 없었다.

"그게… 수업이 끝나고 사라지셨답니다."

"예?"

이진은 정신이 번쩍 들었다.

사라지다니?

지금 실종을 이야기하는 건가?

잠시 머리가 멍해지며 모든 판단이 유보되었다.

"방금 문 실장님이……. 수업이 끝나고서 밖으로 나오지 않으셨답니다. 들어가 보니 안 계셔서 찾고 계신답니다."

"차 준비시켜요."

더 물어보고 말고 할 것도 없었다.

이진은 곧바로 경회초등학교로 향했다.

마이크가 일단 테라 TWO를 발령했다.

이진의 가족들에게 무슨 변고가 생기면 발령되는 경계태세.

곧바로 수백 명이 동원되었다.

"경찰에도 알려야 하지 않겠습니까?"

"……."

이진은 마이크의 말에 잠시 망설여야 했다.

테라 회장 아들의 실종.

이건 현재 화두가 되고 있는 모든 뉴스를 잠식시키고도

남을 만한 대형 사건이 될 수가 있었다.

"아직 무슨 일인지 정확하지 않잖아요. 일단 내가 학교에 도착한 후 결정합시다."

"예, 회장님!"

마이크가 운전기사에게 '허리 업.'을 외쳤다.

경회초등학교에 도착하자 담임 정지민 선생이 파랗게 질린 채 2명의 여자 경호원들에 에워싸인 채 이진을 맞았다.

"선생님!"

"죄송합니다. 죄송합니다."

이미 정지민 선생의 눈에서는 눈물이 잔뜩 흘러 마스카라까지 번진 상태였다.

심지어 부들부들 떨고 있었다.

당장 이 일이 알려지면 전 세계 매스컴의 브레이킹 뉴스로 타전될 것이 분명했다.

"보안은?"

"예. 철저히 차단했습니다."

"일단 유지해요. 문 실장은?"

마이크의 대답에 이진이 문소영을 찾았다.

"현재 방과 후 도련님의 경로를 파악 중에 있습니다."

"그럼 기다려 봅시다. 요한테 전화기 없죠?"

"예. 문 실장 말로는 유니버스 회장님이 금지하셨다고……."

모든 것은 이래서 아쉬워지는 것이다.

그러나 이제 와서 아이들에게 스마트폰을 금지시킨 메리앤을 탓할 수는 없었다.
"일단 선생님을 안으로 모셔서 쉬시게 해요."
"하지만 회장님! 문 실장이 철저히 감시하라고……."
아마 문소영이 혹시나 하는 마음에 정지민 선생을 억류한 것이 분명했다.
"일단 안으로 모셔요. 가시죠, 선생님!"
"…예. 예, 회장님!"

텅 빈 교실 안.
이진과 정지민 선생 둘만이 빈 아이들 걸상에 앉았다.
"죄송합니다. 제가……."
"아니에요. 오히려 제가 죄송하네요. 아마 경호원들이 무리를 한 것 같습니다. 제가 이 일이 마무리되는 대로 사과드리겠습니다."
"방과 후에 제가 잘 살펴야 했는데……."
"아닙니다. 어차피 밖에 나가면 경호원들이 있는걸요? 선생님께서는 최선을 다하신 겁니다."
이진의 위로에 정지민 선생은 좀 안도를 하는 것 같았다.
이진은 기다리며 분위기를 좀 풀어야겠다는 생각이 들

었다.

"저… 이런 상황에 묻는 건 아닌 줄 알지만… 우리 요가 특별히 친한 친구가 있었나요?"

"아, 소라라는 여자아이와 좀 친했습니다."

"그래요?"

이진은 억지로 웃기까지 했다.

자식이 누구와 친구인지도 모르는 아빠.

"자세히 얘기 좀 해 주시죠."

"그게… 소라라는 아이가 사실 학급 내에서 아이들이 따돌리는 아이였거든요. 그래서 제가 신경을 썼는데……."

"아!"

"어느 날부터 요가 소라에게 친근하게 굴더라고요. 그래서 요도 아이들이 자꾸 따돌려서……."

"예?"

요가 따돌림을 받았다고?

깜짝 놀랐다가 생각해 보니 그럴 수는 없었다.

둘째 이요의 경우 친화력 하나는 끝내주는 아이였으니 말이다.

그랬다면 다른 아이들이 따돌린 것이 민망해졌을 것이다.

"죄송합니다. 아이들에게 주의도 주고 요와 상담도 했는데 괜찮아 보여서……."

"괜찮아요."

이진은 정지민 선생에게 그렇게 단언했다.

아마 딸 이령이나 막내 이선이라면 조금 문제가 있었을 수도 있다.

하지만 둘째는 그런 따돌림 정도에 굴복할 녀석은 아니었다.

"그래서 그 소라라는 아이와 친해졌군요?"

"예. 친해졌다기보다는 요가 소라를 거의 일방적으로……."

"일방적으로 대시를 했군요."

"예? 호호호! 죄, 죄송합니다."

이진의 말에 정지민 선생은 웃음을 참지 못해 웃다가 다시 고개를 떨구었다.

"혹시 그 소라라는 아이요."

"예, 회장님!"

"저기, 그냥 요 아버님 이렇게 부르시죠."

"예. 그럼……."

"어디 사는지 아세요?"

"예. 물론입니다."

"그럼 혹시나 싶어 그러는데, 그 아이 집 주소랑 전화번호 좀 주실 수 있을까요?"

"예? 하지만 그건……."

표정 같으면 바로 줄 것 같은데 망설인다.

테라 회장 앞에서 개인 정보를 함부로 유출할 수 없다고 말할 기세.

이진은 그런 정지민 선생이 마음에 들었다.

"아닙니다. 제가 곤란한 부탁을 했네요. 잠시만요."

이진은 곧바로 나와 마이크에게 한소라라는 아이의 집 주소와 전화번호를 알아 오도록 했다.

20분 정도 만에 정보가 들어왔다.

이진은 정지민 선생을 집으로 가 쉬도록 하고 곧바로 한소라라는 아이의 집으로 향했다.

경회초등학교에서 직선거리로 4킬로미터 떨어진 곳이었다.

지역은 강남이었지만 재개발이 진행되는 곳으로 상당히 멀었다.

이진은 오래된 주공아파트 근처에 도착했다.

아파트는 이주가 시작되었는지 슬럼화가 진행되는 것으로 보였다.

곧 한소라의 집을 찾을 수 있었다.

전화를 받지 않더니 문을 두드려도 아무도 나오지 않는다.

"뜯을까요?"

"아니요."

강제로라도 열 기세인 마이크의 질문에 이진은 단호하게 대답했다.

일단은 밖에서 기다려 보는 수밖에.

한소라라는 아이는 학원에도 다니지 않는다고 들었다.

그러니 집으로 바로 왔어야 한다.

대체 무슨 생각으로 초등학교 1학년 여자아이를 이 먼 거리까지 통학을, 그것도 혼자 시키는 것일까?

기다리는 시간이 길어지자 점점 초조해지기 시작했다.

대략 20분이 지났을까?

테라 SUV 몇 대가 아파트 정문 쪽으로 들어오더니 문소영의 모습이 보였다.

"회장님!"

"어떻게 됐어요?"

"예, 그게… 한소라라는 아이와 함께 교문 뒤로 도련님이 몰래 나가는 걸 목격했다는 증언이 있었습니다."

"그래요?"

천만다행이 아닐 수 없었다.

납치나 그런 건 아닌 모양.

아들이 사고를 친 것이다.

"그래서 일단 한소라 학생 보호자를 데리고 왔습니다."

차에서 내리는 여자.

대략 30대 초반으로 보이는데 얼굴이 사색이 되어 있었다.

"안녕하세요. 이진입니다."

"죄송합니다. 우리 소라가……."

"아, 걱정 마세요. 아이들이 그럴 수도 있죠."

이진은 우선 한소라의 엄마를 안심시켜야 했다.

일단 문소영이 그냥 왔을 리가 없다. 경회초등학교에서부터 이곳까지 경로를 따라왔을 것이다.

"현재 저희 요원들이 14개의 경로를 수색 중에 있습니다."

"그래요? 수고했어요."

"송구합니다."

문소영이 고개를 떨궜다.

"걱정 말아요. 무슨 일 있겠어요?"

이진은 그렇게 말했지만 안심이 되지는 않았다.

허리춤에 찬 비상 장치에 자꾸 손이 간다.

지문을 대면 작동한다.

그리고 누르면 곧바로 메리 앤에게 비상 신호가 송출된다.

그럼 메리 앤은 비상조치를 시작한다.

테라의 모든 금고문은 잠긴다.

그리고 안전 지역으로의 대피가 시작되는 것이다.

이것이 만약 후지 고오에나 혹은 SEE YOU의 소행이라면?

비상 장치를 가동해야 한다.

아들 하나 구해서 끝나는 일이 아닌 것이다.

또 항복한다고 해서 끝낼 수 있는 일도 아니었다.

그렇게 생각하니 아들 이요가 심지어 불쌍하기까지 했다.

'못난 아빠 만나서······.'

만약의 경우 희생을 택해야 할 수도 있다는 생각이 들자 이진은 스스로에 대한 원망과 더불어 겁이 났다.

그럴 상황이 아님에도 그랬다.

그때, 한소라의 엄마가 조심스럽게 입을 열었다.

"저기, 회장님!"

"요 아빠라고 부르세요."

"예. 우리 소라가 학교 끝나고 나면 꼭 들르는 데가 있는데……"

"거기가 어딥니까?"

"제가 늦게 퇴근을 해서 저녁을 밤에 먹거든요. 그래서……"

"빨리 말씀하세요!"

문소영이 버럭 소리를 질렀다.

이진은 손으로 제지한 후 최대한 한소라의 엄마를 안심시켰다.

"제가 사과드릴게요. 혹시나 하는 마음이 드니까 다들 급해지네요. 어딜 들르나요?"

"단지 바깥으로 나가면 떡볶이집이 있는데……"

"아! 그럼 저랑 가 보시죠."

이진은 경호원들을 물러나게 하고 한소라 엄마와 함께 걸었다.

아파트 정문을 나서서 대략 50미터쯤 떨어진 떡볶이집.

그 앞에는 흙투성이가 된 거지 남자아이와 여자아이가 서서 어묵을 먹고 있었다.

아들 이요가 분명했다.
"소라야?"
"엄마! 왜 일찍 와?"
"어? 아빠!"
어묵을 호호 불어 먹으며 이진을 부르는 아들 요.
이진은 허탈해지는 바람에 무릎의 힘이 빠져 당장이라도 주저앉을 것 같았다.
"아빠도 하나 먹어 봐. 맛있어."
"크흠! 그럴까? 소라 어머니도 같이 드시죠?"
"예?"
이진의 말에 엉거주춤하더니 한소라의 엄마도 다가섰다.
넷은 그렇게 서서 어묵을 먹었다.
오랜만에 먹어 보는 길거리 어묵은 맛있었다.
정말 맛이 있는 것인지, 아니면 안도감 때문인지는 알 수 없었다.
"문 실장님도 좀 드셔 봐요."
"예. 홀쩍!"
마치 아무 일도 없었던 것처럼 어묵을 먹어야 했다.
이진은 아들이 처음 맛보는 길거리 음식 시식의 순간을 방해하고 싶지 않았다.
그런 이진의 마음을 알아서인지 문소영도 조용히 눈물의 어묵(?)을 먹기만 했다.

"아빠도 옛날에 많이 먹었는데……."

"큽!"

이진의 말에 문소영이 경기를 일으켰다.

사실 이진은 태어나서 지금까지 길거리 음식을 먹어 본 적이 없어야 했다.

실제로도 그랬다.

당연히 박주운의 경험이었다.

길거리 음식은 대학 다닐 때 끼니로 활용되기도 했었다.

그러나 이서경과 결혼하고 나서는 그조차도 몰래 먹어야 했다.

더럽다는 이유에서이기도 했고, 먹다 들키면 모욕적인 욕까지 덤으로 먹어야 했기 때문이기도 했다.

더럽다니?

적어도 성산 일가는 그렇게 생각했다.

대기업 회장들 중 일부는 그런 사람들이었다.

자신들이 만들어 팔아 처먹으면서도 먹지는 않는 그런 부류의 인간들.

"아빠! 아마 이 맛은 령이 누나하고 선이는 모를 거야."

"그렇겠네. 한데 학교에서 아무 말도 없이 나오면 어떻게 해?"

"그건… 잘못했어."

둘째 이요는 선선히 잘못을 시인했다.

그러자 곁에 서서 어묵을 먹던 한소라란 여자아이가 변명을 하고 나섰다.
"그건 저 때문이에요."
"어째서?"
"제가 이요한테 절 정말 좋아하면 몰래 따라와 보라고 했거든요."
"그랬어?"
이진은 담담하게 반응했지만 한소라의 엄마는 아니었다.
"아무리 그래도 그렇지… 너 요가 어떤……."
"괜찮습니다, 소라 어머니!"
이진이 얼른 나서서 한소라 엄마의 말을 막았다.
아이들은 적어도 부모의 계급으로 평가받아서는 안 된다.
이진은 얼른 말을 돌렸다.
"어머니 성을 딴 모양이네요."
"예. 제가 일찍……."
"다 먹었으면 둘이 가서 조금 더 놀래?"
"응!"
아빠의 말에 아들은 좋아하며 한소라의 손을 잡고 내달렸다.
그러고 나서 이진은 다시 물었다.
"더 드시겠어요?"
"아니요."

"그럼 잠시 걸으면서 대화를 나눠도 괜찮을까요?"
"…예."
이진은 한소라의 엄마와 함께 걸었다.
"오늘 일 정말……."
"괜찮습니다. 아이들이 다 그렇죠. 혼자 키우시기 힘들지 않으세요?"
"어떻게 아셨어요?"
"소라 성이 엄마 성인 것 같아서요."
"괜찮아요. 단지 집에 좀 늦게 들어오는 것이……."
"혹시 무슨 일 하시는지 여쭤 봐도 될까요?"
이진은 조심스럽게 물었다.
사실 물어서는 안 되는 것이었지만, 아들이 처음 사귄 여자 친구이니 관심이 가지 않을 수 없었다.
"사실 저 테라생활건강에 다녀요."
"아!"
테라생활건강은 테라 계열의 생필품 회사다.
의외였다.
"근데 늦게 끝나시는가 봐요?"
"예. 제가 아직 비정규직인 데다가 외근을 하거든요."
"그러셨군요."
이진은 더 묻지 못했다.
그리고 오늘 일에 대해 이야기했다.

"오늘 일, 너무 신경 쓰지 마세요. 처음 있는 일이다 보니 좀 당황했지만 좋았습니다."
"그럼… 감사드립니다."
"소라도 야단 안 치셨으면 좋겠어요."
"…예. 그러겠습니다. 한데 정말 이진 회장님이세요?"
"예."
이진은 갑작스러운 질문에 떨떠름하게 대답했다.
"TV에서 뵐 때하고는 좀 달라 보이셔서요."
"어떤 게요?"
"그냥 평범해 보이셔서……. 어묵도 드시고요."
"아! 사실 저 어묵 좋아합니다."
이진은 우스갯소리로 대답했지만, 마음 한구석에는 느껴지는 것이 있었다.
직원들이나 다른 사람들에게 자신이 전혀 다른 세계에 사는 사람처럼 보인다는 것이었다.
그렇게 묵묵히 걷던 이진은 날이 어둑어둑해지자 아들 이요를 데리고 집으로 돌아왔다.
아들을 야단치지는 않았다.
저녁을 먹고 아들이 공부를 시작하자 이진은 문소영을 불렀다.
"죄송합니다, 회장님!"
"죄송할 거 없어요. 요 저 녀석이 대범하죠. 그쵸?"

"예. 령이 아가씨와 선 도련님과는 다르세요."
"그래요. 그, 소라 어머니 말인데……."
"예, 회장님! 어떻게 조치할까요?"
"시간이 많이 남는 자리로 보직을 옮기도록 알아봐요. 아니다, 이참에 혼자 아이 키우는 직원들 복리를 좀 강화하도록 지시를 내려요."
"예, 회장님!"
문소영이 인사를 하고는 물러갔다.
곧 메리 앤에게 전화가 왔다.
오늘 있었던 일은 아무도 보고를 하지 않은 모양이었다.
일상적인 이야기를 나누다 통화를 끝냈다.

황하연의 마약 투약 의혹은 검찰 수사 결과 사실로 드러났다.
그런 일이 있다면 의원직에서 사퇴하겠다던 황상진 의원은 약속을 지키지 않고 있었다.
이진이 집무실에 있을 때, 황상진 의원이 찾아왔다.
이진은 일부러 한 시간 이상 기다리게 한 후에 황상진 의원을 맞았다.
"어서 오세요, 황 의원님!"

"단도직입적으로 이야기합시다. 내가 알기로는 이번 하연이 일부터 모두 다 이 회장 입김이 작용한 것으로 알고 있습니다."

"설마 그걸 따지려고 오신 건 아니겠지요?"

이진은 긍정은 아니지만 부인도 하지 않았다.

"나한테 왜 이러시는 거요? 우리 관계가 그다지 나쁜 것도 아니지 않습니까? 민주당입니까, 아니면 민변당입니까?"

"하하하!"

황상진 의원의 말에 이진은 웃어야 했다.

그러자 황상진 의원이 다시 물었다.

"영철이 때문에 그러십니까? 영철이와 뉴욕에서 있었던 일 말입니다."

"제가 그렇게 좀스럽지는 않습니다."

"하면 뭡니까? 이 회장이 정 이렇게 나오시면 나도 이 회장이 미국에서 살 때 했던 모든 일들을 까발리는 수밖에 없습니다."

말이 통하지 않는다고 여겨서인지 곧바로 협박성 발언이 나왔다.

이판사판이란 말이었다.

하지만 이진은 담담했다.

"황 의원님께서 잘못 아신 겁니다."

"뭘 말입니까? 그럼 이번 일이 이 회장이 벌인 일이 아니란 말씀인가요?"

"아니요. 제가 벌인 일이지요."

"……."

이진은 최대한 뻔뻔하게 대답했다.

황상진 의원의 표정에서 적개심이 드러났다.

"제가 한 게 맞아요. 이유가 틀렸단 말이죠."

"허허허! 이리 나오니 내가……. 이유가 뭡니까?"

"매국노이시잖아요."

"예?"

"후지 고오에!"

이진이 결론을 말했다.

그러자 이번에는 황상진 의원의 표정에 긴장감이 흘렀다.

"하하하! 거기까지 안다고는 들었습니다. 한데 후지 고오에와 거래를 하는 게 매국노입니까?"

"거래가 아닐 텐데요?"

"이것 보시오, 이 회장!"

황상진 의원이 소리를 질렀다.

그러나 이진은 빙긋 웃었다.

"반일 감정에 편승해 영웅이라도 되어 보겠단 말이오?"

"그럴 리가요. 사실 전 반일이니 반중이니 이런 거 안 좋아합니다. 그래 봐야 우리 회사 물건만 팔기 어려워질 뿐이니까요."

"그럼 뭐요? 거래도 할 수 있지 않소?"
"그래도 내가 왕족의 후예인데 어떻게 매국노랑 거래를 합니까? 게다가 지금 후지 고오에랑 사이가 안 좋아요."
"이거야 원!"
 황상진 의원의 입장에서 봤을 때는 당혹스러운 상황이 아닐 수 없었다.
 설마 이진이 이렇게 뻔뻔스럽게 나오리라고는 짐작도 못한 것이 분명했다.
 아들 황영철에게서 얻은 정보를 바탕으로 이진을 판단했을 테니 말이다.
 거기에 최근 테라의 성세를 반영했을 것이다.
"좋소. 그럼 내가 뭘 하면 되겠소?"
"이미 늦었어요. 황 의원님이 할 수 있는 일은 없거든요."
"정말 이대로 갈 생각이오? 내가 가만히 있을 거라 여깁니까?"
 황상진 의원이 핏대를 세웠다.
"뭘 말씀하셔도 상관없습니다. 내가 뭐 잃을 것이 있는 사람도 아니고요."
"이보시오, 이 회장! 털어서 먼지 안 나는 사람은 없소."
"먼지도 나름이지요. 제가 돈이 많아서 제가 흘린 먼지는 주로 비난이 아니라 돈이 되거든요."
 이진의 뻔뻔스러움에 황상진 의원은 더 이상 말이 없었다.

자리에서 일어난 황상진 의원.

"죽은 이만식 회장이 더 크기 전에 싹을 잘라야 한다고 했을 때 들어야 했는데……."

"만식이가 사람은 잘 봤지. 근데 지금은 죽고 없네. 그것도 아들 손에 말이야. 네 아들은 괜찮을까?"

이진의 말에 황상진 의원은 충격을 받은 것 같았다.

잘 짜인 대꾸였다.

이제 황상진 의원은 돌아가자마자 이만식의 죽음에 대해 수소문할 것이 분명했다.

그럼 그 죽음에 이재희가 관여했다는 걸 알게 될 것이고…….

자신도 아들을 의심하기 시작할 것이다.

"그래도 영철이가 재희보다는 나아요. 애가 좀 막 가서 그렇지……."

걸음을 옮기는 황상진 의원의 뒤로 이진의 말이 따라붙었다.

황상진 의원은 잠시 비틀하더니 곧 집무실을 벗어났다.

이제 황영철이 어찌 나오나 보면 될 것이었다.

재미있는 부자간의 싸움이 벌어질 것 같았다.

이미 검찰은 황상진 의원에게 소환장을 보낸 상태.

'누구에게 구원 요청을 하는지 보자.'

세월호 사고의 여파와 메르스까지.
소비 심리는 2년째 꽁꽁 얼어붙었다.
그럼에도 기타 경제 지표는 매달 최고치를 갱신하고 있었다.
테라의 성장 때문이었다.
정부는 내수 경기를 살리려 안간힘을 썼지만 별 효과가 없었다.
테라와 테라 직원들, 그리고 관련 업체 직원들의 통장 잔고는 점점 늘어나는데 소비는 아니었다.
정부에서 소비를 촉진시켜 달라는 정식 공문이 올 정도였다.
방학 동안 미국에서 아이들과 반을 지내고 다시 한국에서 반을 지내는 사이, 2015년 9월이 되자 원 달러 환율이 1,200원을 돌파했다.
달러 강세에 덕을 본 것은 테라 페이였다.
거의 달러 가치와 연동해서 움직이기 때문이었다.
그러나 그런 연동은 소비를 더 위축시켰다.
가지고 있으면 가치가 점점 더 오르니 아예 테라 페이를 사재기하려는 움직임까지 일어났다.
테라 직원들은 가만히 앉아서도 돈을 벌었기에 주머니를 걸어 잠갔다.
심각한 일이었다.

그러는 사이 이진은 동남아 국가들을 돌며 테라 페이 홍보에 나섰다.

모델로는 황하연이 빠지고 비로소 완전체로 다시 태어난 오 마이 레몬을 내세웠다.

그러는 사이 작년부터 언급된 사드가 미국과 중국 사이에 갈등을 만들어 가고 있었다.

사실 사드는 한국이 2014년 백령도에 배치해 줄 것을 요청함으로써 촉발된 것이나 마찬가지였다.

문제는 중국이 도입한 러시아제 SM 미사일 때문이었다.

미국이 운용하는 X 밴더 레이더는 일본에서 작동시킬 경우 베이징이 제외된다는 것이 일본의 불만이었다.

그리고 일명 구구절로 불리는 정권 수립일에 북한은 장거리 탄도 미사일로 보이는 무기를 선보였다.

그 일로 사드 배치 일정은 급물살을 타기 시작했다.

이미 그 과정을 다 겪어 본 이진으로서도 상당히 어려운 문제였다.

게다가 엄밀히 따지고 보면 중국의 군비 증강이 불러온 일이기도 했다.

반면 중국 입장에서 본다면 월등한 군사력을 보유한 미국에 비해 낮은 군사력을 보완해 나가는 과정이므로 자신들의 행위는 정당하다고 주장할 만도 했다.

중요한 것은 그 불똥이 온전히 한국에 튀었다는 것이었다.

수많은 화장품 회사들이 문을 닫게 되었고, 중국 진출 회사들이 사업을 포기하고 망해 나가야 했다.

그 피해는 사실 알려진 것보다 훨씬 막대했다.

그중 하나가 바로 로테 마트.

그러나 지금 그 로테 마트는 테라 마트였다.

중국의 관영 통신들은 언제나 테라가 한국 회사가 아닌 미국 회사임을 강조했다.

그러면서 이진도 미국인으로 못을 박았다.

그러나 그건 오로지 중국의 관영 통신만 주장하는 논리였다.

대부분의 나라들은 이진이 미국 국적의 한국인임을 직접적으로 언급했으니 말이다.

이진이 베트남의 경제 수도인 호치민에서 테라 페이 홍보의 마지막 피치를 올리고 있을 때, 이번 일정에 송서찬과 함께 오 마이 레몬 때문에 따라나선 오민영이 급전을 가지고 왔다.

"회장님! 황상진 의원이 출국 금지 전에 다른 나라로 간 모양입니다."

"그래요? 어디로요?"

"문 실장님 말씀으로는 남미 볼리비아로 도망간 것 같습니다."

황상진 의원은 계산을 해 본 것일까?

만약 이진이 황상진 의원이 구속된 후 그 죄를 소상히 증명한다면 무기징역도 모자랄 판이었다.

그걸 염려해서인지 미리 도망간 것이 분명했다.

그러나 그걸 예상하지 못한 것이 아니었다.

"아들은요?"

"황영철이 아버지 몰래 재산을 정리해서 역시 남미 브라질로 갔다고 합니다."

그 아버지에 그 아들이었다.

황상진 의원의 도피는 현 여권의 누군가가 도와주었을 가능성이 높았다.

그걸 찾아내면 후지 고오에와 연결된 나머지 세력들도 일망타진할 수도 있었다.

굳이 볼리비아로 간 이유도 있을 것이다.

미국의 영향력 밖의 나라이기에 선택한 것이 분명했다.

재벌집 망나니
7대독자

 이진은 황상진 의원과 황영철을 일단은 그냥 두기로 했다.
 인터폴에 수배가 되었으니 도망자 신세.
 평생을 국민들 세금으로 호의호식하고 살았을 것이니 도망자 신세가 얼마나 비참한지 몸소 느껴 보는 것도 벌이란 생각이 들었다.
 시급한 문제는 역시 꽁꽁 얼어붙은 한국의 내수 경기였다.
 정부에서 블랙 프라이데이를 본떠 코리아 세일 데이를 준비한다는 소리가 들려왔다.
 그러나 거의 모든 산업이 테라와 연동되는 상황에서 외국 관광객들의 한국 방문을 촉진시키는 정도에서 끝날 것이 빤했다.

이진은 과감하게 주머니를 열기로 했다.

5대 그룹을 포함한 계열사 사장단 전체가 테라 코리아 사옥 2층에 집결했다.

본사 직원들 점심 식사가 끝난 직후였다.

이진은 기다렸다가 5대 그룹 사장단과 점심을 먹었다.

"직원들 주머니를 열기가 쉽지가 않습니다. 차라리 상여금을 상품권으로 지급하는 것은 어떨까요?"

자유 발언이 허용되자 테라 유통 사장이 나섰다.

"자동차를 바꿀 수 있도록 할인 행사를 벌이는 것은 어떻습니까?"

"그건 비용이 너무 들어가지 않습니까? 게다가 대부분의 계열사 직원들이 테라 자동차를 보유한 지 겨우 2년도 채 되지 않았습니다."

"제 말씀은 자율 주행차 이야기입니다."

"이미 상당수가 자율 주행차로 대체된 상황인데요? 차라리 이번 분기 실적에 따라 상여금을 더 지급하면……."

딱히 주목을 끌 만한 의견은 나오질 않는다.

경기 침체를 막는 것도 쉽지는 않지만, 경기 부양도 역시 쉽지 않은 과제였다.

"사실 이런 일은 정부가 더 나서야 합니다. 그렇게 법인세를 걷어 가고도 지금까지 사회 복지로 지급되는 세금이 턱없이 부족합니다."

"사회 복지요? 마구잡이로 정부가 세수를 써 대면 우리도 베네수엘라 꼴 납니다."

이진은 묵묵히 사장단의 토론을 듣기만 했다.

5대 그룹 회장들도 마찬가지.

한참 동안 갑론을박이 진행된 후에 이진이 입을 열었다.

"우리 상품을 파는 것 말고 다른 기업들을 좀 지원해야 하지 않겠어요?"

"그럼 주식을 사들일까요?"

확장을 염두에 두는 것이다.

테라의 자금은 지금 포화 상태를 넘어 처치 곤란에까지 이르러 있었다.

또 이진의 자금 역시 마찬가지였다.

배당을 거의 다 받아 오기 때문에 이진은 돈을 둘 곳이 없을 정도.

유사 이래 가장 막강한 부를 소유했다.

하지만 그걸 SEE YOU가 계속 보고 있을 리는 없었다.

그러니 안심하고 다 내놓을 수도 없다.

지금 당장은 SEE YOU도 경기 활성화로 인해 단기적인 이익을 얻고 있었다.

하지만 계속 그렇게 방치할 자들은 아니었다.

어떤 식으로든 도발을 감행할 것이 분명했다.

먼저는 협의를 원할 것이다.

그리고 안 되면 전쟁인 것이다.

테라의 몸통이 커지는 만큼 SEE YOU의 몸짓도 커지고 있었다.

이진도 이 상황이 계속되길 바라지 않았다.

그렇게 되면 복수의 기회는 찾아오지 않을 것이기 때문이었다.

"좀 좁게 생각합시다. 글로벌 말고 국내 경기 활성화를 통해 중소기업과 소상공인을 돕는 방안을요."

이진이 방향을 제시했다.

"정부에 정책 자금을 제공하시는 것이······."

"그건 안 되죠. 정부가 어디다 돈을 쓸지 모르는데요? 언제 정책 자금 들어가서 제대로 쓰이는 거 본 적 있으십니까?"

"그건 그러네요."

정책 자금이란 것은 사실 눈먼 돈이나 다름없었다.

아는 놈들만 공무원들과 연계해 빼먹는 돈.

결국 그것도 국민의 세금일 것인데······.

"회장님께서 북한에 사회 간접 투자를 제안해 보시는 것은······."

"그건 아니에요."

누군가의 제안에 이진은 선을 명확하게 그었다.

당장 개성 공단도 가동을 멈추게 될 마당에 북한에 투자라니?

제 꼴리면 그냥 몰수하고도 남을 놈이 바로 김정은이다.

이런 생각들은 박주운의 마인드가 이진에게 고스란히 남아 있다는 증거였다.

이진은 일을 크게 벌이기로 했다.

"유통 1위가 우리죠?"

"예, 그렇습니다."

테라 유통 회장이 자신감 있게 대답했다.

"2위는요?"

"신세대 S마트가 2위이긴 합니다만, 시장 점유율은 대략 15퍼센트 정도입니다. 반면 우리 테라 유통의 시장 점유율은 60퍼센트에 근접합니다."

유통 회장의 말에 이진은 다시 물었다.

"3위는요?"

"3위는 홈플입니다. 과거 성산 계열로 현재는 독자 기업이나 마찬가지입니다. 사실 전자 상거래로 시장이 이동하면서 오프라인 시장의 입지는 약화되고 있는 상태입니다."

이미 여러 가지 생각들을 많이 한 이진이다.

이번에는 전자 상거래 쪽을 좀 다져 볼 생각이었다.

미국의 경우 아마존은 테라와 아주 사이가 좋았다.

베조스에게 초기에 투자를 했고, 아마존의 2대 주주가 테라였다.

문제는 국내 시장.

"이참에 전자 상거래 회사들을 삽시다."

"예?"

"포털도 사고요. 아, 그냥 내가 살게요."

이진의 말이긴 해도 5대 그룹 회장들은 혀를 내둘러야 했다.

이진의 말이 이어졌다.

"11월 말까지 그렇게 하고, 신세대하고 홈플과 대대적인 프로모션을 합시다."

"어떻게 말씀이십니까?"

"마트 백화점의 모든 상품을 테라 페이로 결제할 경우 50퍼센트로 할인해 주는 거죠."

"예? 하지만 그럼 손해가……."

"또 외국인들에게는 10퍼센트 추가 할인으로 하고 구매 액수를 제한하지 맙시다."

"그러면 관광객들이 엄청나게 몰려들겠는데요?"

이진이 고개를 끄덕였다.

"거기에 아마존, 월마트와 연계해서 전 세계에 폭탄 세일을 겸한 한국 관광 상품을 파는 거예요. 어때요?"

"후, 훌륭하십니다. 한데 그렇게 되면……."

유통 회장이 침을 꿀꺽 삼켰다.

어마어마한 관광객과 내수 유발 효과를 가져올 것이다.

그러나 그 많은 상품을 50퍼센트 내지는 60퍼센트까지 세일을 한다면…….

손해도 어마어마할 것이다.

테라 상품이면 가격 조정을 통해 90퍼센트 세일도 할 수 있다.

그러나 상품이 다른 회사 물건이라면 가격 조정에 한계가 있어 손실이 불가피해 보였다.

"내 생각엔 이래요. 내가 만약 한국에서 그런 행사를 대략 두 달간 연다고 하면 세계 유명 브랜드들도 너도나도 들어오고 싶어 하겠죠?"

"당연하신 말씀입니다."

"그런데 우리는 모든 결제를 테라 페이로만 할 거거든요."

"실질적으로는 다른 현금이 먼저 들어오겠군요."

그렇다.

그러나 현금 때문이 아니다.

현금을 소모해야 하기 때문이었다.

"또 그 행사로 다른 유통 업체나 제조사들은 아마 많은 이익을 남길 겁니다."

"그렇게 되면 저희 경쟁력이……."

"에이!"

이진이 손사래를 쳤다.

"지금 사람들이 가장 가지고 싶은 물건이 뭐예요?"

"그야 신형 테라 2와 테라 자율 주행차가……. 그러고 보니 거의 10위까지는 저희 상품이군요."

"맞아요. 그겁니다. 아마 돈 번 사람들은 모두 우리 상품을 사려고 할 겁니다."
"아하! 기발하십니다. 국가적으로도 엄청난 이익과 반향을 불러일으킬 겁니다. 애국자이십니다."
"나 미국 시민인 거 잊었어요?"
이진이 윙크를 하면서 일어났다.
사장단 전체가 자리에서 일어섰다.
"이걸 신속하게 검토하고 진행합시다. 회장님들이 전결해서 처리해 주세요. 가능하면 사상 최대 행사로 만들어 봅시다."
5대 그룹 회장들이 고개를 숙였다.

모험적이면서도 엄청난 자금이 투입되는 기획이었다.
그러나 가만히 따지고 보면 손해 볼 것이 전혀 없었다.
이 행사가 성공리에 끝나면 대한민국은 돈방석 위에 올라앉게 될 것이다.
급작스러운 오프라인 시장의 활성화가 두 달 동안 계속된다면……
그사이 온라인 회사들의 주가는 상대적으로 약세를 보일 것.

이진은 그때 네이브, 카가오를 비롯한 한국 내 포털 지분과 아마존을 비롯한 미국의 전자 상거래 업체의 지분을 더 확충할 생각이었다.

거기다가 아직까지 약세를 보이고 있는 비트코인과 테라 페이의 일대일 교환 이벤트도 열어 비트코인을 최대한 구매해 유동성을 제한할 전략을 세웠다.

그렇게 되면 테라 페이는 더 이상 경쟁자가 아예 없는 공인 국제 전자 화폐로 발돋움할 것이 분명했다.

문제는 메리 앤이 가지고 있는 비트코인을 내놓느냐는 것이었다.

각 그룹의 영업팀들이 움직인 지 한 달 만에 불황을 겪고 있는 대부분의 회사들이 12월과 1월에 열릴 행사에 반색을 하고 달려들었다.

처음에는 말도 안 된다며 고사를 하려 했지만, 할인으로 인한 손실을 모두 테라가 보전해 준다고 하자 벌 떼처럼 달려들었다.

소문은 일파만파로 번져 나갔다.

모든 실검 순위는 10월 한 달간 테라가 장악했다.

또 모든 국제선 항공권과 배는 2015년 12월과 2016년 1월

두 달간 예약 완료.

숙박도 마찬가지였다.

처음에는 이 기현상에 반색을 하던 정부도 난감한 기색이었다.

테라 페이 데이의 기세가 지나칠 정도였기 때문이었다.

국제선 항공권이 동이 나자 임시 전세기가 배치되기 시작했다.

심지어 프로모션이 나가고 나서 각종 크루즈 여객선이 이미 출발을 한 경우도 있었다.

전 세계 항공 업체는 모두 인천과 부산행은 물론 제주도행 비행기의 증편에 나섰다.

국내의 모든 대중교통 수단도 연말연시를 낀 데다가 테라 페이 데이의 여파로 두 달간 이미 동이 난 상황.

결국 정부에서 테라에 업무 협의 요청이 들어왔다.

다른 회장단이 워낙에 바빠, 놀고 있던 이진이 직접 나섰다.

국토교통부 장관, 외교부 장관, 산자부 장관, 정통부 장관, 기재부 장관에다가 총리까지.

거의 국무 회의나 다름없었다.

이진은 정부청사 회의실 맨 끝자리에 메리 앤과 함께 자리했다.

"이거 난리입니다. 원래 연간 최대 관광객 수가 1,600만 명 정도인데……. 수용만 된다면 2,500만까지도 가능하겠습니다."

먼저 총리가 입을 열었다.

"아마 모두 수용한다고 한다면 두 달 동안 2,000만 명 이상이 방문할 것 같습니다. 그래서 말씀인데……."

"말씀하시죠, 장관님!"

이어서 기재부 장관이 말하자 메리 앤이 마이크를 잡았다.

"일단 명칭 부분인데요. 코리아 테라 페이 데이는 어떻습니까?"

"콜록! 그게 무슨 말씀이신지요?"

"앞에 코리아를 넣자는 말씀입니다. 그러면……."

기재부 장관의 말에 메리 앤이 딱 잘랐다.

"그건 곤란합니다."

"어째서요?"

"애초에 기획 상태에서부터 우리 테라는 정부에 협조를 구했습니다. 한데 11월 블랙 프라이데이와 더불어 정부 주도의 내수 활성화 정책 때문에 곤란하다고 하셨잖아요."

"그야……."

그랬다.

정부에 협조를 요청하지 않은 것은 아니었다.

그런데 답변은 무성의했으며 대책이 없었다.

테라 계열사들의 상품 할인율을 높이자는 제안만 들어왔다.

테라 입장에서 할인율을 더 높여서 팔면 곤란한 상황이었다. 모든 첨단 상품은 없어서 팔기 힘든 상황이었으니 말이다.

그런 걸 대안이라고 우기더니 이제 와서?

"지금 와서 기간을 늘리는 것도 불가능합니다. 그렇게 되면 모든 광고와 홍보를 재조정해야 합니다. 게다가……."

메리 앤이 말을 이어 나가려 할 때, 이진이 테이블 위에 올린 그녀의 손을 살포시 잡았다.

"험! 부부이시라 사이가 좋으십니다."

총리의 말에 메리 앤이 혀를 내둘렀다.

그리고 이진을 힐끗 노려본다.

왜 그러느냐는 말이다.

이진은 다음에 메리 앤이 할 말이 적절하지 않다는 것을 알고 있었다.

'…게다가 코리아라고 붙이면 오려던 사람도 아마 티켓 취소할걸요?'

바로 요런 말이 나올 것이 확실했다.

사실도 그랬다.

중국 정부가 이번 테라 페이 데이를 막지 못하는 것도, 사실상 테라가 미국 회사란 것을 그동안 스스로 공공연히 까발렸기 때문이었다.

만약 여기서 중국이 관영 언론을 동원해 테라 페이 데이를 보이콧한다면 그건 미국과 맞짱 뜨자는 말.

그리고 테라의 신기술 지원을 더 이상 받지 않겠다는 뜻이 되니 말이다.

그러므로 앞에 코리아란 말을 붙이는 것은 적절하지 않았다.

"두 달이면 충분합니다. 그동안 다른 모든 연계 상품을 최대한 발굴하시면 아마 그 이익만 해도 엄청날 겁니다. 정부는 건국 이래 최고의 세액을 거둘 겁니다."

"그야 그렇지만… 아까워서 그러죠, 아까워서……. 나라가 작다 보니 오는 사람을 다 받을 수도 없고, 또 못 받으면 돈이 아깝고……."

기재부 장관의 발언은 적나라했다.

그때 총리가 나섰다.

"그럼 이번에 오지 못하는 관광객들을 위한 추가 행사는 어떻습니까?"

"그것도 곤란합니다. 그렇게 되면 우리 테라의 출혈이 너무 크거든요."

메리 앤은 연이어 장관들의 제안을 즉시 거부했다.

분위기가 싸늘하게 식었다.

이진이 바통을 이어 받았다.

"총리님이나 장관님들 마음은 이해가 갑니다. 그러나 이번 행사가 우리 테라의 실적에는 큰 의미가 없습니다."

"한데 이런 국제적인 행사를 기획하셨다고요?"

이진의 말에 총리가 의구심을 표명하고 나섰다.

"아시다시피 우리 테라를 제외한 다른 기업들은 올해 여러 가지 일로 힘들지 않았습니까? 한국에서 사업을 하는 입장에서 상생해야죠."

"허! 정말 대단하십니다. 상생을 위해 이렇게까지 나서 주시다니요?"

"행사 기간 동안 잘 기획하시면 정부 차원에서 하실 수 있는 일이 많을 겁니다. 그러려면 지금부터 준비를……."

"그래야지요. 이미 준비 중입니다. 한데 일본 금수 조치는 어떻게 하실 생각이십니까?"

아마 청와대에서 궁금해하고 있을 것이다.

이진도 고민 중인 사안이었다.

곧 한국과 일본의 외교부 장관이 일본군 위안부 문제에 대한 합의에 도달한다.

2015년 12월 28일이니 한 달 남았다.

그러나 이 문제는 복잡한 사안이었다.

위안부 합의를 서두른 이유는 표면적으로 헌법 재판소의 판결 때문이었다.

법을 지키기 위한 노력의 일환이라고 보면 된다.

종군 위안부 피해자들이 제기한 헌법 소원의 결과인 2011년 헌법 재판소 결정에 대한 현 정부의 후속 조치.

그것이 바로 2015년 12월 28일의 위안부 합의다.

4년이 걸린 셈이다.

헌법 재판소의 결정은 군 '위안부' 피해자에 대한 배상 청구권에 대해 한일 정부가 다른 해석을 하는데도 한국 정부가 해결에 나서지 않은 점이 위헌이라는 것이었다.

아이러니하게도 헌법 위반에 대한 조치로 나온 것이 바로 위안부 합의인 셈.

그리고 지금 총리가 이 문제를 이진에게 거론하는 이유는 며칠 후 현 정부 들어 처음으로 한일 정상회담이 개최되기 때문이었다.

총리는 한일 정상회담에서 대통령이 무엇을 줄 수 있는가를 묻는 것이나 다름없었다.

일본은 이진의 금수 조치로 인해 상당한 압박을 받고 있는 상태. 아베는 정상회담에서 그 문제를 거론할 것이 분명했다.

그럼에도 이진을 직접 청와대로 부르지 못하는 이유는 뭘까?

그건 아마도 정권 실세로 암약 중인 최서원 때문일 가능성이 높았다.

이진은 대승적으로 생각하기로 했다.

"조만간 풀어야지요. 사실 세계가 6G로 인해 하나로 묶이는 상황이니 말입니다."

"그럼 언제쯤……. 일정을 알려 주시면 정부의 외교 정책에 큰 도움이 될 겁니다."

총리가 이진을 붙들고 늘어졌다.

그러자 메리 앤이 나섰다.

"독일처럼 하면 좋을 것 같아요. 아키히토가 한국을 방문해서 종군 위안부 문제에 대해 사과하는 건 어떨까요?"

"쿨럭!"

메리 앤이 한국 아줌마 다 됐다는 생각이 들었다.

마음은 가상하다.

그러나 그렇게 간단한 문제는 아니었다.

진심을 담은 사과?

물론 그것은 상처를 받은 많은 분들에게 위안을 가져다 줄 것이다.

그러나 그렇게 하면 정말 모든 것이 끝이 날까?

절대 아니다.

일본이 걱정하는 것은 한일 청구권 협정이 무효화되는 것이다.

전쟁 범죄에 대해 모든 것을 인정하고 나면 무엇으로도 한일 청구권 협정을 내세워 배상을 피해 갈 수 없다.

원죄인 것이다.

그것이 바로 일본이 저지른 일이고 말이다.

아마 일왕이 사과를 하고 나면 곧바로 배상 문제가 불거질 것이 분명했다.

 일왕이 나서서 사과하면 마음 아프지만 과거이기에 미래를 위해 용서하고 끝날 것이라고 여기는 것은 순진한 생각이다.

 일본은 그 이후의 후폭풍이 더 두려운 것이다.

 모든 배상의 책임을 져야 하고 그것에 끌려다녀야 하기 때문이다.

 아름답지만 가능하지 않은 일이었다.

 그래서 한일 청구권 협정이 없어야 했다.

 그러나 그때 한국은 가난했고, 일본의 도움이 절실했다.

 테라의 기록에 의하자면 당시 한국 정부가 정통성을 인정받기 어려워 보이는 군사정권이어서 지원을 보류했다고 되어 있었다.

 그때 테라가 나서서 한국을 지원했다면?

 아마 일본에 손을 벌리지 않아도 되었을 것이다.

 그러나 이 역시 지나간 과거.

 "왜요?"

 "그게… 일본이 독일처럼 받아들이지는 않을 거야."

 "그러니까 왜요? 독일은 거의 무한 책임을 졌잖아요. 그래서 유럽 사람들은 그나마 용서하려는 생각이 들었고요."

 "그건 정말 반성한 경우고……. 일본은 그럴 수 없거든."

 "그러니까 왜요?"

"크흠!"

갑자기 시작된 부부간의 말다툼은 곧 한일 외교 문제로 불거질 태세였다.

총리가 기침을 했다.

"아무튼 일왕이 공식적으로 종군 위안부 문제에 대해 사과를 하면 제가 일본 금수 조치를 풀 겁니다."

"그게 가능할까요?"

"가능할 겁니다. 하지만 이후의 문제는 정부에서 할 일입니다."

"배상 문제 말씀이군요."

"예. 배상을 받되 미래 지향적이어야 한다고 생각합니다. 아무리 우리가 억울하다고 발버둥 쳐도 과거는 돌아오지 않습니다."

"……"

"만약 화해가 된다면 일본의 배상에 더해 우리 테라에서도 2차 대전 피해자들에 대한 대대적인 지원을 약속드리겠습니다."

이진은 마침표를 찍었다.

총리가 대통령에게 보고를 할 것이다.

그러면 아베가 일왕과 이야기를 할 것이고, 그럼 후지 고오에 회의가 열리겠지?

그놈들이 어디서 어떻게 회의를 하는지만 알아내면…….

그깟 금수 조치를 못 풀겠는가?

더 이상 할 이야기가 없었다.

이진과 메리 앤은 총리, 그리고 장관들과 악수를 나누고 정부종합청사를 벗어났다.

사실 직접 올 자리는 아니었다.

그럼에도 얻은 것은 있었다.

『명동에 나가 있는 이정희 리포터를 불러 보겠습니다. 이정희 리포터!』

『예, 저는 지금 명동에 나와 있습니다.』

『뒤를 보니 무슨 난리라도 일어난 것처럼 보이는군요.』

『예, 그렇습니다. 크리스마스가 아직 20여 일이나 남았음에도 명동 곳곳은 물론 종로까지 쇼핑 인파가 가득 채워져 마치 시위대를 연상시킬 정도입니다.』

『코리아 테라 페이 데이 때문이겠죠?』

『예, 그렇습니다. 이미 지난달부터 입국한 대규모 관광객들이 첫날인 오늘 아침 일찍부터 쇼핑에 나섰습니다.』

"죽어도 코리아를 붙이네?"

"국영 방송이잖아."

"그거 안 된다고 당신이 말을 했는데……."

"쓸데없는 소리 하지 말고, 계란이나 꺼내 와 봐."
"계란은 나중에 하나씩 깨서 넣어야 해."
"누가 그래?"
"원래 그래."

이진과 메리 앤은 성북동 자택 주방에서 라면을 끓이는 중이었다.

둘째 이요가 먹어 보고 맛있다며 딸 이령과 이선을 꼬드겨서 생긴 일이었다.

오랜만에 모두가 모였으니 파티라도 할 생각이었다.

라면 파티.

문소영이 멀찌감치 서서 안절부절못하고 있었다.

"그리고 라면은 한 솥에 끓이면 맛은 덜해."
"그럼?"
"작은 양은 냄비를 올린 후 하나씩 동시에 끓이는 거지. 바로 파 송송 계란 탁 해서 넣고 끓여서 호호 불면서 먹는 거지."
"당신은 끓여 본 적도 없으면서 그런 걸 어떻게 그렇게 잘 알아?"
"다 아는 수가 있지."
"나도 책으로는 다 읽어 봤어요. 그리고 이미 우리 셰프님한테 연수도 받았고요."

메리 앤이 이진의 참견에 툴툴거렸다.

아이들은 이미 접시를 하나씩 놓고 젓가락을 든 채 군침을 삼키고 있었다.

"누나!"

"네가 웬일이야?"

"누나라고 부르기로 했어. 누나, 어묵 먹어 봤어?"

"당연히 먹어 봤지."

"집에서 요리 말고, 길거리 음식."

"아니… 그런 걸 왜 먹어? 열심히 연구하려면 적절한 식생활이 필수야."

둘째의 말에 또박또박 반격을 가하는 큰딸 이령이다.

이진이 참견을 하려고 하자 메리 앤이 붙들었다.

한 귀로 듣고 한 귀로 흘리라는 말이다.

그러고는 소곤거린다.

"령이가 아예 식단표를 짜 왔어."

"그래?"

"응. 영양 성분을 분석했다나 뭐라나……. 선이는 당신 닮아서 소식(小食)이야. 관리가 중요하다나?"

"내가?"

"응. 당신, 아침에 차 한 잔 마시고 말잖아. 할머니한테 그 얘길 듣고 자기도 차를 마시겠대."

"아직은 어려서 영양분을 제대로 섭취해야 할 텐데?"

"그러게……. 누굴 닮아서 아이들이 저렇게 야무진지, 원!"

메리 앤은 얼굴을 이진에게 들이민다.
자기 닮아서 그렇다고 칭찬해 달란 소리였다.
이진은 즉시 호응했다.
"그야 메리 닮아서겠지."
"헤헤! 그건 그렇긴 한데, 라면은 안 되겠다."
"왜?"
"맛이 이상해."
이진이 젓가락으로 라면을 먹어 보는데…….
문소영이 다가와 핀잔을 줬다.
"그러니까 그냥 시키시라고 제가……."
"오늘은 거기까지만 해요, 문 실장님! 그나저나 어쩌죠?"
"나가서 사 먹자."
이진은 젓가락으로 라면을 건져 먹어 본 후 이내 고개를 흔들어야 했다.
이게 무슨 맛인지?
라면이야 면 넣고 스프 넣으면 그만인데, 어찌 이리도 맛이 다를 수 있을까?
참으로 신통방통한 솜씨였다.
"어디로 가요?"
"신당동으로 가자. 거기 가면 떡볶이도 맛있어."
"나 떡볶이 먹고 싶어."
엿듣던 둘째 이요가 가장 먼저 나섰다.

결국 식구들 모두 신당동으로 향했다.

셰프와 메이드들에게 전체 휴가를 준 덕분이었다.

보통 안나가 있을 때는 어떤 경우에도 사람을 남겨 놓는다.

그런데 지금 안나는 뉴욕에서 데보라 킴과 함께 휴가 중이었다.

어쨌든 이진은 기분이 좋았다.

모두 길거리 음식을 먹을 기회였기 때문이었다.

곧 차가 준비되자 가족 모두 신당동으로 향했다.

심지어 신당동에도 외국인들이 바글바글했다.

가장 많은 것은 중국인들이었는데, 어딜 가나 시끄럽게 떠들어 대기 때문에 표가 난다.

물론 한국 사람들도 그에 못지않은 경우가 많지만.

워낙에 사람이 많아 안에 들어가 먹는 것은 포기해야 했다.

날씨가 추워 서서 먹는 것도 여의치 않았다

할 수 없이 가족들은 차에서 기다리고 문소영이 포장을 해 오기로 했다.

주차장에서 한참을 기다리다 보니 문소영이 양손에 떡볶이와 어묵을 잔뜩 들고 오는 것이 보였다.

이진은 반가운 마음에 문을 열며 차에서 내렸다.
"온다."
"와!"
삼둥이 역시 창문을 열고 밖을 내다보며 소리쳤다.
그 순간, 어둠 속에서 무언가가 전속력으로 달려오는 것이 보였다.
경호원들이 벌 떼처럼 몰려들었다.
무언가가 번쩍거리더니 이진의 얼굴을 스치고 지나갔다.
이진은 온 힘을 다해 차 문을 힘껏 닫았다.
그러자 메리 앤은 문을 모두 잠가 버리고는 아이들 머리를 숙이게 했다.
"회, 회장님!"
떡볶이와 어묵을 내팽개치고 달려든 문소영이 놀란 표정으로 이진을 바라본다.
"괜찮아요."
"아닙니다. 얼굴에 피가······. 구급차 불러요."
"아니에요. 소란 떨지 말아요."
이진은 그렇게 말한 후 달려든 남자를 살폈다.
경호원들에게 제압되어 팔이 꺾인 채 한쪽 얼굴을 아스팔트에 박고 있었다.
문소영이 건넨 손수건을 받아 든 이진은 그걸 얼굴에 대고 다가갔다.

문소영이 물었다.
"누가 시켰어?"
"바카야로(ばか野郎:바보 자식)!"
곧바로 일본어가 튀어나왔다.
"왜놈인데요?"
문소영이 어이없어하며 이진을 바라봤다.
뭔가 이상한 느낌이 들었다.
간을 보는 건가?
평소 따라다니는 근접 경호원만 해도 20명이 넘는다.
게다가 외곽으로 2차 경호 인력이 50명.
일정이 없이 나와 오늘은 아니었지만, 경찰에서도 요인 경호 차 인력을 별도 배치한다.
누군가가 혼자 이진을 해칠 가능성은 거의 없었다.
그런데 어떻게 여길 올 줄 알고 숨어 있다가 얼굴에 상처까지 낼 수 있었을까?
이상한 일이 아닐 수 없었다.
"다레가사세타(誰がさせた:누가 시켰어)?"
"……."
문소영이 일본어로 물었지만 대답을 하지 않는다.
"일단 메리하고 아이들을 집으로 데리고 가요. 집 주변 경계를 강화해요."
"예, 회장님!"

"그리고 이놈은 회사로 데리고 와요. 내가 직접 확인 좀 해 봐야겠어요."

"예, 회장님! 그리고 치료를 받으셔야 할 것 같습니다."

"주치의도 조용히 불러요. 지금 테라 페이 데이 기간이에요. 아무도 모르게 조용히 처리해요."

"예, 회장님!"

그때서야 메리 앤이 차에서 나왔다.

이미 사색이 된 상태였다.

손이 덜덜 떨리는 것이 보였다.

"애들 놀랐지?"

메리 앤은 이진이 묻자 고개를 끄덕였다.

처음 당해 보는 일.

게다가 아빠가 누군가의 공격을 받아 상처가 나 피를 흘리는 것을 보았느니 놀라도 많이 놀랐을 것이다.

이진은 피가 보이지 않게 다른 손수건으로 얼굴을 감싸고 차 문을 열었다.

깜짝 놀라는 딸 이령이 보였다.

"아빠 괜찮아."

"아빠!"

잔뜩 긴장한 채 울고 있는 이령과 이요.

그러나 막내 이선은 울지 않았다.

"선이는 괜찮아?"

이진은 얼른 막내에게 물었다.
"괜찮아. 이미 지나간 일인데, 뭐! 아빠는 안 아파?"
"끙! 안 아파. 걱정 마."
"걱정 안 해."
엎드려 절 받기였다.
이진은 얼른 차 문을 닫고 출발을 시켰다.
그러고는 곧바로 강남 사옥으로 향했다.
강남 사옥에는 전 과장의 측근인 차세원 차장이 나와 있다가 범인의 신병을 인도받았다.
"일단 간단하게 조사를 하고 날 불러요."
"예, 회장님!"
이진은 차세원 차장에게 지시를 하고는 집무실로 들어와 앉았다.
아찔한 순간이었다.
목숨을 잃을까 봐 겁이 나지는 않았다.
처음 죽어 보는 것도 아니니.
그러나 가족을 잃을 수도 있었다는 생각이 들자 분노가 차오른다.
그러면서도 냉정하게 생각해야 한다는 이성이 머리를 쳐들었다.
상대를 움직이게 만들면 통제권이 들어온다.
지금 누군가는 이진을 움직이게 만들려 하고 있었다.

이진이 덤벼들기를 기다리는가?

누군가 굉장한 이익이 생길 것이라고 유혹한 후 이진을 공격할 것이다.

덫이란 생각이 들었다.

덫을 놓은 것이다.

이 일로 이진이 나서기를 기다린다.

분노한 이진이 찾아 나서면 덫에 걸려드는 것이다.

그렇다면 같은 전략을 쓰는 것이 좋을 것 같았다.

이것이 후지 고오에의 전략이라면……

SEE YOU까지 모두 모이게 한 후 사냥에 나서는 것이 어떨까?

오토 폰 비스마르크의 기록이 떠올랐다.

〈나는 사슴을 잡으려고 덫을 놓고서는 정찰을 위해 일찍 도착한 암사슴을 쏘지는 않는다.

대신 무리 전체가 주위에 몰려들 때까지 기다린다.

-오토 폰 비스마르크-〉

'바로 그거야.'

권력의 열쇠는 덫을 놓고 적을 불러들이는 것이라고 로버트 그린은 말했다.

이진이 숙고를 거듭하고 있을 때, 차세원 차장이 문을 열고 들어섰다.

"송구합니다, 회장님! 면목이 없습니다."

"그래야죠. 우리 가족들이 죽을 뻔했어요."

"…회장님!"

"문 실장은요?"

이진이 문소영을 찾자 문이 열리며 안으로 들어왔다.

"송구합니다, 회장님! 입이 열 개라도 할 말이 없습니다."

"왜 여기 있어요?"

"취조를 위해서……."

순간, 이진이 탁자 위에 놓여 있던 전화기를 집어 던져 버렸다.

퍽. 와장창.

장식으로 세워져 있던 유리 공예 제품이 박살이 났다.

"이래서 안 되는 거예요. 지금 문 실장이 여기 있으면 돼?"

"송구합니다."

"그놈의 송구, 송구! 얼른 성북동으로 가요. 경비를 두 배로 강화해요."

"예, 회장님!"

문소영이 곧바로 뒤돌아 나갔다.

방금 전 상황을 알리지 말라고 했던 이진 자신의 발언과는 상반되는 조치였다.

"뭐래요?"

"본인은 닛폰 카이기(日本会議) 소속 일반 회원이랍니다. 테라의 금수 조치에 항의하기 위해 일을 저질렀답니다."

"닛폰 카이기? 그게 무슨 단체인데요?"

"예. 1997년에 창립된 일본 최대 규모의 극우 단체입니다."

차세원 차장의 설명이 이어졌다.

1997년 5월 30일 '일본을 지키는 국민 회의'와 '일본을 지키는 모임'이 통합해 발족한 임의 단체이며 본부는 도쿄도 메구로구 아오바다이(青葉台)에 있고, 현재 회장은 다쿠보 다다에.

상당수의 일본 의원들이 참여하고 있는 것으로 알려져 있다는 것이 주된 내용이었다.

"가 봅시다."

"예."

이진은 취조를 하는 곳으로 이동했다.

취조를 하던 직원이 옆으로 비켜났다.

전 과장의 사람으로 엄밀히 따지자면 고문 전문가나 다름없었다.

"혼다 미사토가 이름이랍니다. 일본회의 일반 회원으로 이번 일은 혼자 계획한 일이랍니다."

"그럴 테죠."

이진은 의자에 앉으며 심드렁하게 말했다.

"이틀 전 입국했답니다. 당장 테라가 일본에 대한 금수 조치를 중단해야 한답니다."

"일본 회의가 내 가족을 공격하다니?"

"예?"

이진이 엉뚱한 소리를 한다.

"경찰에 넘겨요. 그리고 집 주변과 회사 경비를 네 배로 강화하세요."

"예, 회장님!"

"미국 국무부에 알리고 한국 경찰에 별도로 경호를 요청하세요. 그리고 일본 대사관에 항의 서한을 보내요."

"회장님! 은밀하게 처리하시는 것이 낫지 않겠습니까? 그러다 꼬리를 자르면……."

"꼬리는 이미 자른걸요. 그렇죠?"

이진이 대답을 하며 갑자기 혼다 미사토란 범인에게 머리를 들이밀었다.

"예?"

"거봐. 한국말 다 알아듣잖아. 더 캐고 말고 할 것도 없어요. 난 그냥 이 친구 말을 믿고 추가 보복에 나설 테니까."

이진은 곧바로 자리에서 일어났다.

차세원 차장이 따라나섰다.

"일본인이란 기사는 내보내지 말아요. 경찰에 보안을 각별히 부탁해요. 아니다. 검찰총장에게 전화를 해서 범인 신원을 절대 누설하지 말라고 당부를 하세요."

"예, 회장님!"

"그냥 일본인인 것으로 추정된다는 정도라고만 해요."

이진은 추가 지시를 내린 후 곧바로 주치의에게 간단한 치료를 받았다.

슬쩍 긁고 지나간 정도의 상처였다.

다행이란 생각은 들지 않았다.

오히려 그게 더 의심스러웠다.

"이 잘생긴 얼굴을 세상에……."

집에 도착하자마자 메리 앤이 달려들어 얼굴을 떡 주무르듯 매만졌다.

그러더니 말한다.

"멀쩡한데?"

"지금 그게 칼침 맞고 온 남편한테 할 소리야?"

"칼침이 뭐야? 칼 플러스 침인가? 콕콕 찌르는 거예요?"

"큼! 애들은?"

"재웠어."

"괜찮아?"

"좀 놀라긴 했나 봐. 선이는 후속 조치가 중요하다나 뭐라나?"

"흠! 당신은?"

"알면서……."

메리 앤이 이진의 가슴에 머리를 묻었다.

이진은 그녀의 머리를 가만히 쓰다듬었다.

산전수전 다 겪은 메리 앤이건만, 숨소리가 불규칙적이었다. 두려워하는 것이다.

"겁낼 것 없어."

"누가 겁난대?"

"하기야……. 메리가 이런 일쯤에 겁낼 리는 없지. 한데 비상 장치는 잘 가지고 있지?"

"당연하지."

메리 앤이 얼른 가슴에 손을 넣어 목걸이를 꺼냈다.

그 모습이 오늘따라 더 섹시하게 느껴졌다.

"응큼하긴!"

"내가 뭘?"

"그동안은 Bulls Trap이었다면 지금은 Bear Trap이 좋겠다. 그쵸?"

메리 앤이 머리를 이진의 가슴에 비비며 말했다.

역시 똑똑하다.

이진 역시 지금 생각한 것이 바로 Bear Trap이었다.

문제가 생겼다는 것을 알리는 것이다.

그러나 여기저기 쫓아다니며 문제를 해결하고 적을 물

리치려고 노력해 봐야, 결국 주도권을 장악하지 못하면 아무 소용이 없다.

일단 조종당하면 점점 통제가 어려워진다.

적이 쫓아다니게 해 지치게 만드는 것이 현명한 방법이긴 하다.

이것이 Bulls Trap이다.

그러나 정반대로 그 와중에 기습적으로 상대방을 공격해 사기를 일시에 꺾고 무기력하게 만들 수도 있다.

메리 앤은 후자를 말하는 것이었다.

곰덫이다.

사냥꾼은 덫을 놓은 후 사냥감을 쫓지 않는다.

그래 봐야 곰을 따라잡기는 힘드니까.

잔뜩 몸을 움츠린 채 기다린다.

그럼 온전히 힘을 유지한 채 곰을 유인할 기회가 올 것이 분명했다.

일단 위기를 느끼고 있다는 것을 보여 줘야 했다.

이진의 지시에 따라 범인은 검찰에 넘겨졌다.

그러나 매스컴에는 아무것도 보도되지 않았다.

이진은 대신 다음 날 곧바로 치솟는 주식 시장에 재를 뿌렸다.

대규모로 매도를 시작한 것이다.

그 매도 물량에는 심지어 테라 계열사들까지 포함되어 있었다.

여러 가지 억측들이 나돌기 시작했다.

테라가 유동성 위기를 겪고 있는 건 아니냐는 말부터 나돌더니, 잔치를 벌여 놓고 재를 뿌린다는 비난의 소리도 들려왔다.

2015년 크리스마스를 앞두고 뉴욕 증시를 포함한 전 세계 증시는 폭락을 거듭했다.

한국에서 대규모의 세일 행사가 성황리에 이루어지고 있는 것과는 대조적이었다.

이진은 참석하기로 예정되어 있던 모든 행사를 취소했다.

12월 24일.

명동에서 열리는 테라 페이 데이 축하 행사에는 참여할 것이라는 보도가 지배적이었지만, 이진을 포함한 가족 누구도 나타나지 않았다.

그럼에도 행사는 절정으로 치닫고 있었다.

이진은 대신 가족들과 조촐하고 정겨운 연말연시를 보내고 있었다.

2016년 1월 6일 10시 30분.

북한이 4차 핵실험을 감행하자 전 세계 주가는 골이 깊은 줄을 모르고 곤두박질쳤다.

그런데 희한한 것은 북한에 대한 비난보다는 테라에 대한 비난이 더 쇄도했다는 점이다.

테라가 의도적으로 주가를 끌어내리고 있다는 것이 월가의 견해였다.

그리고 사실이 그랬다.

한국의 어느 애널리스트는 병신년에 병신이 육갑한다며 테라에 대한 원색적인 욕설을 쏟아부었다.

그 말에 이진은 보도 자료를 냈다.

애널리스트들은 애널이나 핥으라고…….

그리고 칼테크(캘리포니아 공과대학)의 연구진이 크기 10지구 질량가량의 제9행성의 존재를 뒷받침하는 증거를 발견한 1월 20일.

드디어 SEE YOU로부터 연락이 왔다.

정회원들만 참석하는 회의가 열린다는 소식이었다.

근 한 달 반 동안 참고 기다린 끝에 곰이 움직이기 시작한 것이다.

덫은 놓았지만 추가로 덫이 필요했다.

이진은 테라의 핵심 멤버들을 모두 소집해 긴급회의에 들어갔다.

전 과장이 먼저 발언했다.

"SEE YOU에 이번 일에 대한 책임을 물어 최대한의 양보를 얻어 내야 하지 않겠습니까? 지금 그들의 주력 사업도 주가 하락의 영향권 안에 있습니다."

"그렇습니다. 재차 말씀드리지만 일왕도 이미 사과를 할 준비가 되어 있다고 밝힌 상태입니다. 전례가 없는 성과입니다."

쏟아지는 보고에 이진은 그저 웃기만 했다.

"이쯤에서 매도한 주식을 다 사들이면 전보다 확고하게 SEE YOU 관련 회사들의 의사 결정권을 보유하게 됩니다."

"양보를 받아야 합니다. 달러를 대체할 기축통화로 테라 페이를 키울 절호의 기회입니다. 연준 멤버들에게 양보를 요구하시지요."

전략적 분석에 의한 의견들이 쏟아졌다.

한참 동안 발언이 오고 가는데도 이진이 입을 다물고 있자 곧 적막이 흘렀다.

"어디서 회의가 열리는지 아직 통보가 없죠?"

"예, 회장님!"

전 과장이 대답을 했다.

"전 과장 생각에는 언제쯤일 것 같아요?"

"제 생각에는 3월은 넘기지 않을 것으로 보입니다. 그리고 회의는 지금까지의 전통에 따라 모건의 재킬 아일랜드 아니겠습니까?"

전 과장은 이진에게서 얻은 정보로 지금까지 SEE YOU에 대한 많은 정보를 파악한 상태였다.

그러나 핵심에는 도달하지 못했다.

왜냐하면 그들이 폐쇄적인 가문 중심의 조직이기 때문이었다.

테라처럼 말이다.

게다가 그들은 테라처럼 중앙 집중이 아니었다.

대부분은 기업을 대표하는 사람은 가문의 심부름꾼이라고 봐야 했다.

그런 면에서 본다면 테라가 훨씬 더 위험에 노출되어 있다는 것은 사실이었다.

"재킬 섬이라……. 그럼 일단 좀 전에 말씀하신 내용들을 중점으로 요구 사항을 만들어 봐요. 거래란 게 저쪽도 받아들일 수 있어야 가능하잖아요?"

"예, 회장님!"

"그리고 일왕 대신 참여하는 자가 자리 7개 중 하나의 주인이겠죠?"

일왕은 아무리 조사를 해 봐도 상징적이다.

아마도 일왕의 뒤에서 SEE YOU 멤버로 암약하는 후지고오에의 핵심이 있을 것이다.

그걸 파악하는 것이 이번에 꼭 얻어야 할 일이기도 했다.

"예, 회장님! 아마 이번에는 확실한 파악이 될 것 같습니다."

"그럼 성과가 꽤 크겠네. 그때 이후 주가를 올립시다. 기안을 해요. 비밀리에."

이진은 지시를 내리고 집에 돌아왔다.

집에 오자 메리 앤과 문소영이 잔뜩 긴장한 채 기다리고 있었다.

아이들은 미국으로 건너 간 후.

메리 앤이 따라가려는 걸 붙잡아 두었다.

"어떻게 됐어요?"

"잘됐어. 앉아서 차 한 잔씩 하자."

"준비하겠습니다."

문소영이 차를 준비해 온 후 물러가려 했다.

그러자 이진이 붙잡았다.

"문 실장도 앉아요."

"예? 예."

문소영이 긴장하며 소파에 엉덩이를 걸쳤다.

"지금부터 내가 하는 말 잘 들어요."

"예, 회장님!"

"덫이 놓였어요. 난 사냥감들이 걸리면 덫을 폭파할 생각이에요."

이진이 문소영을 주시하며 말했다.

제3장

See You On The Other Side

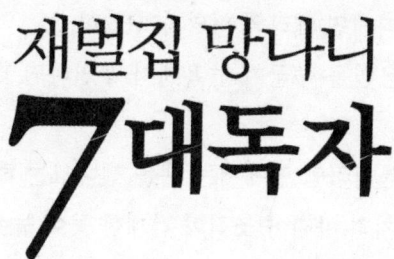

재벌집 망나니
7대독자

"우리는 회의를 뉴욕에서 하자고 우깁시다."
"그게 무슨 소리야?"
메리 앤이 이진의 발언에 되물었다.
"뉴욕에서 회의를 하자고 우기면 그놈들이 무슨 답이 있지 않을까?"
"적어도 제3의 장소를 선택하는 경우는 없지 않을까?"
이진의 말에 문소영이 반응했다.
"그럴 수도 있겠습니다. 어쩌면 SEE YOU의 회합 장소가 다른 곳일 수도 있습니다. 그런데 우리가 뉴욕에서 하자고 하면……."
"다른 장소를 고민하는 걸 접고 그냥 재킬 섬이 가장 안전하다고 여기겠네."

문소영의 반응에 메리 앤이 고개를 끄덕이며 호응했다.

분명 뉴욕은 싫어할 것이다.

아무리 금융 중심지이고 연준이 있다고 해도 어쨌든 그곳은 엄밀히 따지면 테라의 나와바리(?)다.

특히 은밀한 일을 누군가 뉴욕에서 꾸민다면 테라 외에는 없다.

비록 이제 불법적인 일에서는 손을 뗐다고는 하지만, 여전히 돈 파누치의 마피아 조직이 건재한 곳이 뉴욕이다.

그들은 피하려 들 것이 확실했다.

그다음은…….

이진의 생각에 그들은 재킬 섬이 가장 안전하다고 여길 것이 분명했다.

암튼 골든 아일스(Golden Isles) 중 하나일 것.

골든 아일스는 조지아 사바나 아래 세인트 시몬스섬, 리틀 시몬스섬, 재킬 아일랜드와 씨 아일랜드를 말한다.

그곳 중 하나라면 그들은 안전을 담보할 수 있다고 여길 것이다.

"미리 고민할 게 뭐예요? 그쪽에서도 어차피 당신 대답 들어 보고 결정하지 않겠어요?"

"그렇겠지. 그들도 비즈니스니까. 하지만 그래도 미리 대책을 세워 두어야 해."

이진의 말에 메리 앤은 조금은 당황스러운 표정이었다.

심각하게 설명을 하는데 이야기의 맥락이 없다는 것이 이유였다.

평소의 이진이라면 지금 이 자리에서 하는 말들이 논리적이지 못할 리가 없다.

그런데 지금 하는 말은 위험할 수 있으니까 장소를 먼저 뉴욕으로 하자고 SEE YOU에 우기자는 말뿐이다.

그러고 나면 재킬 섬에서 할 것이라고 말한다.

그게 지금 셋이 은밀하게 의논할 일일까?

문소영도 이상하다는 생각이 들었다.

"그래서 말인데… 혹시 모르니까 회의 날짜가 잡히면 가족들이 전부 한곳에 모여 있었으면 해."

"예?"

"그러니까 내 말은……."

"웨스트버지니아에 모여 있으란 말씀이시군요."

"맞아."

눈치는 문소영이 챘다.

혹시 모를 일이니 가족들의 안전을 위해 웨스트버지니아 안가에 숨어 있으란 말.

웨스트버지니아 묘역에서 대략 40킬로미터쯤 떨어진 테라의 안가.

이진과 메리 앤은 어린 시절을 뉴욕 이스트사이드 저택과 웨스트버지니아 안가에서 주로 지냈다.

추억도 많았다.
메리 앤에게는 특히 더 그랬다.
어쩌면 웨스트버지니아 안가에서 처음으로 이진에게 마음을 빼앗겼을 것이다.
1년에 두 번씩 들르던 곳.
"하지만 숲속인 데다가 주변에 아무런 인프라가 없어서 오히려……."
문소영의 말에 메리 앤이 웃으며 말했다.
"그러니까 더 안전할 수 있죠. 외곽만 봉쇄해도 더 이상 접근하기는 어렵잖아요."
"그렇긴 하지만……."
문소영은 찬성도, 반대도 하지 못했다.
"그렇게 하자고. 회의 일정이 잡히면 곧바로 안나와 어머니 모시고 아이들과 함께 웨스트버지니아 안가로 가 있는 걸로. 상황이 종결되면 내가 연락할게."
"예."
"문 실장님은 이 일을 비밀로 하고, 곧바로 이동할 수 있도록 루틴을 만들어 두세요."
"예, 회장님!"
"누구한테도 이야기를 해서는 안 돼요."
"물론입니다, 회장님!"
대화는 거기서 마무리되었다.

❖ ❖ ❖

2016년 2월은 소란스러웠다.

2월 7일 북한이 광명성 4호를 가장한 4차 장거리 미사일 발사를 강행했다.

그러자 2월 11일 정부는 개성 공단 가동을 중단시켰다.

한 치 앞을 바라볼 수 없는 시계제로의 상황이 연초부터 대한민국 하늘을 뒤덮었다.

이진은 그사이 에티오피아의 테라 생산 기지를 방문했다.

방문 목적은 생산 기지 내 연구소에서 만들어 낸 연구 실적에 대한 보고를 듣기 위해서였다.

매스컴에서는 이진이 테라 단말기의 신제품 시연을 위해 방문한 것이라고 일제히 떠들어 댔다.

그러나 실상은 전혀 달랐다.

바로 테라 다이나모를 연구하다가 발견해 낸 실적에 대한 보고를 듣기 위해서였다.

이진이 에티오피아에 방문했을 때, 전 과장은 하필 뉴욕에 출장 중이었다.

출장 이유는 당연히 SEE YOU와의 미팅에 대한 보안 문제 때문이었다.

"어서 오십시오, 회장님!"

"한센 박사님! 수고가 많으십니다."

한스 한센이라는 흔한 독일 이름을 가진 다이나모 연구소 소장이 이진을 맞았다.

"긴급한 성과가 있다고요?"

"예. 급작스러운 발견이라 연락을 드렸습니다. 마침 전 이사도 안 보이고 해서요."

에티오피아 기지 내에서 전 과장은 전 이사로 불린다.

원래의 지휘 계통은 전 과장에게 1차 보고를 하면 전 과장이 사안에 따라 이진에게 보고를 하든가 아니면 스스로 알아서 조치를 하는 것이 일반적이었다.

그러나 전 과장이 없어서 한국으로 직접 연락이 온 것이다.

전 과장과 연락이 닿지 않는 것은 극히 드문 일.

그러나 중요한 일을 앞두고 있었기에 이진은 일부러 전 과장을 더 찾지 않고 곧바로 전용기로 에티오피아로 향했다.

"잘하셨습니다. 기대가 되네요. 혹시 소형화에 따른 문제점이라도 있나요?"

"아닙니다. 사실 지난 여름방학 때 공주님께서 숙제를 하나 주셨습니다."

"령이가요?"

한센 박사가 웃으며 고개를 끄덕였다.

미국에 보내 놨더니 또 무언가를 붙잡고 연구를 진행한 모양. 그리고 아빠나 엄마에게 혼날까 봐 말은 안 한 것이 분명했다.

그러나 딸 이령의 성격상 궁금한 것은 못 참는다.
그러니 한센 박사에게 조언을 구한 모양.
"직접 보시죠."
"예. 한번 봅시다."
이진은 곧바로 한센 박사를 따라나섰다.
실험실은 무려 5개의 강화 문을 거쳐야 했다.
무언가 대단한 실험을 한 것만은 분명했다.
한센 박사는 자신이 지휘하는 연구 인력들까지 전부를 내보냈다.
마이크가 따라 들어오려 했지만 그마저도 제지하는 한센 박사.
"다이나모에 좀 더 안정적이고 강력한 에너지원을 만들어 넣을 수는 없을까 고민할 때, 공주님이 설계도를 여러 장 보내셨습니다. 그게 이겁니다."
연필로 정교하게 그려진 설계도가 잔뜩 벽면에 붙어 있었다.
이진이 알 턱이 없었다.
"이게 뭐예요?"
"반물질을 형성시킨 다음 불안정화와 안정화를 인위적으로 조종할 수 있는 회로의 설계 도면입니다."
"예?"
이진은 깜짝 놀라야 했다.
반물질은 아주 위험하다. 그 폭발력이 상상을 초월하기

때문이다.

그리고 만들기도 어렵다.

현재는 입자 가속기 사용 외에는 반물질을 만들 방법은 없다.

"그럼 입자 가속이 없이 반물질을 구현해 낼 수 있단 말이에요?"

"예. 그렇습니다. 포지트론(반물질) 입자를 만들어 낸 후 안정화를 시킬 수 있었습니다."

오 마이 갓.

이게 무슨 횡재란 말인가?

"그, 그래서요?"

"이걸 어떻게 처리해야 할지……. 너무 간단하면서도 위험천만해서 말입니다."

"그 말은 악용되면 위험도가 크다는 말씀이네요?"

"예. 지금 현재 상태에서도 포지트론 초소형 폭탄이나 마찬가지입니다. 불안정 버튼만 누르면 핵무기 저리 가라 할 만한 무기가 되는 셈이죠."

"파괴력은요? 아니, 폭발 후 후유증은요?"

"감마선이 발생하는 것을 제어할 수도 있습니다. 그렇게 되면 단지 폭발뿐입니다. 감마선조차도 모두 소멸되죠."

"친환경적이네요?"

"허허허! 말씀이……."

"그러네요. 내가 실언했어요."

이진은 자못 심각해졌다.

무엇보다 딸이 먼저 걱정이 된다.

자기가 하고 싶어서 하는 것은 좋은데 지나치다.

이게 세상에 알려지면 어떤 반응이 나올까?

균형이 깨질 것이다.

아니, 이미 테라에 의해 균형은 깨져 있었다.

이번 SEE YOU 회합 역시 균형이 더 깨지는 것을 막기 위한 그들의 몸부림일 것이다.

이익을 보고 있었기에 그냥 지켜봐 왔는데, 테라가 너무 커 버린 것이 원인이다.

"무엇보다 중요한 것은 이 포지트론 생성 장치의 경우 세밀한 조종이 가능하다는 겁니다. 그리고 아주 쉽게 안정화와 불안정화를 선택할 수 있습니다."

"현재도 상용화가 가능하다고요?"

"상용화라면 무엇으로……?"

"무기로요?"

이진은 그냥 물었다.

"물론입니다. 그것이 가장 쉽습니다. 다른 것은 연관되는 설비들이 에너지를 버텨야 하기 때문에 많은 연구가 추가로 필요합니다."

"그렇지만 폭탄은 아니다?"

"예. 바로 버튼만 2개 달면 끝이 나는 거죠."

"흠! 실험은 해 봤어요?"

"물론입니다. 대규모 실험은 하지 못했습니다만, 정교하게 출력을 높여 가며 실험을 했습니다."

"한번 봅시다."

이진은 즉석에서 실험을 보자고 했다.

실험은 즉시 시작되었다.

아주 작은 철제 상자.

담뱃갑 크기의 4분의 1 정도 된다.

그러나 거기서 일어날 폭발을 대비하여 그보다 더 큰 강력한 상자들이 훨씬 더 많이 필요했다.

12겹으로 상자를 에워싸고도 모자라 상자를 지하로 판 통로로 내려보냈다.

통로 또한 몇 겹으로 에워싸야 했다.

작업이 진행되는 시간도 상당히 오래 걸렸다.

"이렇게 복잡해요?"

"예. 안정화 변숫값이 양에 따라 급격하게 변합니다. 대략 16자리의 안정화 수치가 필요해 현재로서는……."

"수치를 알아낼 수 없다는 말이잖아요?"

그래서 이런 복잡한 안전장치를 만든 것이다.

"지금 저 안에 있는 것의 폭발력은 얼마나 돼요?"

"아주 소량입니다. 질량 분석기가 필요할 정도이지요."

이진은 괜히 지켜본 것이 아닌가 싶었다.

그런 것이라면 유럽 핵입자 물리 연구소만 한 연구 시설을 세워야 한다는 뜻이니 말이다.

그런데 이진의 질문에 한센 박사가 씽긋 웃는다.

"왜요? 질문이 이상해요?"

"아닙니다. 그 수를 정확히 계산할 수 있는 사람이 한 명 있습니다."

"설마… 령이가요?"

"예. 설계 도면을 보낼 때 정확한 수치를 보내셨습니다. 나머지 실험 때부터는……."

"못 보냈고요?"

"못 보낸 것이 아니라 안 보내시겠다고……."

"아!"

딸은 정확한 수식을 이해하고 있다는 의미였다.

이걸 기뻐해야 할까?

어쨌든 한센 박사가 전자 메일 하나를 보냈다.

그리고 곧바로 이진에게 전화가 왔다.

(아빠!)

"령이니?"

(응. 근데 메일 아빠가 보낸 거야?)

"맞아."

(난 또……. 근데 이거 굉장히 위험하던데?)

"그렇다고 들었어. 아빠가 한번 보려고 하는데 수식 알려 줄 수 있어?"

(……)

이진의 말에 딸 이령은 대답을 하지 않았다.

이진은 강요하지 않고 그냥 기다렸다.

그러자 답이 왔다.

(1893-5467-8229-8223! 이번 한 번만이야.)

"아니! 다음에 한 번만 더!"

(왜?)

"그냥. 아빠가 확인해 볼 것이 있어서 말이야."

(그럼 딱 두 번!)

딸 이령이 전화를 끊었다.

스스로 위험하다는 것을 알고 있다는 것이 기특하면서도 한편으로는 아빠에게조차 안 된다고 하자 섭섭하기까지 했다.

그러나 이진 역시 이걸 계속해서 실험하는 위험을 감수하고 싶지는 않았다.

발전이란 좋은 것이긴 하지만, 나머지도 보조를 맞춰 나가 줘야 한다.

이건 정치도 같다.

아무리 민주화를 하고 싶어도 경제가 나아지지 않고 국민 인식이 높아지지 않는다면 사상누각에 불과하다.

아프리카 나라들만 봐도 알 수 있다.

과학 역시 마찬가지.

이진은 일단 수치를 한센 박사에게 알려 줬다.

"일단 안정화와 불안정화를 시도해 보겠습니다. 대략 5초 간극이 있습니다."

"시간은 더 늘이거나 줄일 수 없고요?"

"그럴 수 있습니다. 단지 다시 말씀드리지만 그러려면 정확한 수치가 필수입니다."

한센 박사가 반물질의 불안정화 버튼을 눌렀다.

그러자 계기가 극심하게 반응을 보이기 시작했다.

다시 안정화를 누르자 수치는 곧바로 제자리로 돌아갔다.

이진은 고개를 끄덕였다.

그러자 한센 박사가 다시 불안정화 버튼을 눌렀다.

그리고 5초.

엄청난 진동이 이진의 몸에 느껴져 왔다.

'이 정도라면?'

순간 이진의 머릿속에 기발한 생각이 떠올랐다.

에티오피아에서 돌아온 이진은 곧바로 딸 이령과 마주했다.

"아빠! 나 바쁜데?"

잘 시간인데 바쁘다는 딸이다.

"뭐가? 몰래 위험한 거 만들려고?"

"그건… 위험한 것은 나중에 크면 해 보려고. 요즘은 다른 거 해."

"그게 뭔데?"

이진은 궁금한 것을 뒤로한 채 딸이 요즘 하는 연구는 무엇인지 물었다.

"일종의 양자역학인데……."

"됐다. 거기까지. 아빠는 그런 거 잘 몰라."

이진은 곧바로 딸의 설명을 잘라야 했다.

"근데 그거 때문에 나 혼내려고?"

딸은 이진의 눈치를 보면서 슬금슬금 무릎 위로 기어 올라왔다.

멀찌감치 메리 앤이 지켜보며 도리질을 했다.

"그런 연구는 엄마, 아빠 허락을 받고 해야지."

"그러려고 했어. 근데 문제 푸는 중에 나온 거라 그냥 궁금해졌어. 그래서 한센 박사님한테 여쭤본 거야."

딸 이령의 눈에는 눈물이 그렁그렁했다.

지난 6G 시스템 개발 이후 이진과 메리 앤은 딸의 지나친 천재성을 억눌러야 했다.

그러나 마냥 누를 수 있는 것은 아니었다.

그래서 대신 어떤 문제를 푸는지를 늘 알리도록 했다.

거기서 문제가 발생한 것이었다.

"누가 준 문제를 풀었는데?"

"칼테크 베크만 교수님이······."

경희초등학교에서 자퇴 후 미국으로 건너간 이령은 과학적 천재성을 인정받아 칼테크의 조기 입학 과정을 거치는 중이었다.

조기 졸업은 흔해도 조기 입학은 어려운 일.

결국 칼테크의 응용물리학 교수인 베크만 교수에게 연구 논문을 제출하는 방식을 택한 것이다.

그 논문이 아직 채택된 것은 아니지만 어쨌든 답은 왔다.

그 답은 문제.

확실히 스스로 만든 연구 논문인지를 확인하는 과정인 셈이다.

고난도의 문제를 제시한 후 정답을 얻는 과정을 기술하는 일종의 시험이었다.

이령은 현재 그 과정에 있었다.

"그럼 칼테크에서 제시한 문제를 푸는 과정에서 그걸 발견했다는 거야?"

"응!"

"그럼 문제는?"

메리 앤이 참다못해 다가왔다.

"금방 다 풀었어."

"한데 엄마한테 왜 말 안 했어?"

"엄마가 쉬워 보여도 혹시 다른 문제점이 있을 수 있다고 검토하라고 했잖아."

"그래서 검토하고 있었던 거야?"

"…아니. 검토는 벌써 끝났어. 다른 문제는 없어."

"그럼 그걸 칼테크에 보내야지."

음.

지금 딸이 반물질 폭탄을 제조한 마당에 대학 입학 문제를 들이대는 클래스.

역시 남자와 여자는 선천적으로 타고난 본성이 다르다.

남자는 이기기 위해 싸우고, 여자는 이긴 후 얻을 것 때문에 싸운다던가?

"저기, 메리?"

"응? 왜요?"

"지금 그게 중요한 게 아니야."

"난 그게 중요한데……. 어쨌든 에티오피아 연구소에 보낸 건 잊어버려. 지금 네가 집중해야 할 것은 칼테크야."

"그게 그거야!"

딸 이령이 엄마의 말에 단언했다.

이진이 얼른 물었다.

"그걸 지금 누가 알아?"

"아무도 몰라."

"베크만 박사님은?"

"당연히 모르지. 아직 안 보냈는데……."

다행이었다.

이진이 알고 싶은 것은 그것이었다.

반물질을 안정적으로 제조해 안정, 불안정을 자유롭게 조종할 수 있는 기술이라면?

세상을 뒤집어엎고도 남을 과학적 성과였다.

그러나 그런 과학적 성과는 악용될 가능성이 지나치게 높았다.

누구나 노릴 것이다.

강대국들은 당장 제재를 가하려 들 것이다.

테러 단체들이나 극단적 종교주의자들은 어떻게든 그걸 손에 넣으려 들 것이 확실했다.

"대체 우리 령이가 뭘 만들었다고 그렇게 다그쳐?"

"그게… 반물질 발생 및 제어 장치야."

"그게 뭔데?"

"헐!"

이진은 메리 앤의 당당한 질문에 기가 막혔다.

딸이 대신 설명을 한다.

"반헬륨-4를 인위적으로 안정화하는 장치야."

"넌 가만히 있어."

메리 앤은 괜히 이진만을 붙들고 늘어졌다.

이진이 대답을 해야 했다.

"과학이 허용하는 최고이자 최후의 폭탄!"

"세상에! 그럼 령이가 폭탄을 만들었단 말이야?"

이제야 말이 좀 통한다.

그런데 아니다.

"너 왜 그랬어. 왜?"

"저기, 메리?"

"왜?"

"여태까지 설명했잖아. 베크만 박사가 숙제로 준 문제를 풀다가 우연히 만들었고, 궁금해서 연구소 한센 박사에게 물어봤다고 말이야."

"…그랬나? 그럼 이제 어떻게 해?"

"한센 박사는 내가 단속을 했어. 한데 베크만 박사는 아니지."

이진은 놀라는 메리 앤을 내버려 두고 딸 이령의 손을 잡았다.

"령아! 그건 절대 베크만 박사에게도, 누구에게도 알리면 안 돼."

"어째서?"

이럴 땐 애가 천재인가 싶다.

"그건……. 네 연구 과정에서 나온 것이 현재 과학으로는 절대 만들지 못하는 파괴적인 무기를 만드는 데 쓰일 가능성이 높아서야."

"안 쓰면 되지."

"……?"

이해를 못하는 눈치였다.

분명 천재인데 이럴 때는 나잇값을 하는 딸.

"때로는 알아도 모르는 척할 때가 더 좋을 때도 있어."

어느새 둘째 이요와 막내 이선이 들어오고 있었다.

이요가 한 말이었다.

"모르는 척하다가 한 번에 힘을 모아 공격하면 쉽게 방어막을 뚫을 수 있긴 해."

막내 이선도 한마디 했다.

천재를 자식으로 둔 아버지…….

참으로 쉽게 말 한마디를 못하는 처지였다.

아이들이 그동안 더 성장한 것이 분명했다.

"그래. 한데 너희는 왜 안 자고 왔어?"

"엄마가 자장가 불러 줄 시간인데 안 오잖아."

"어머나, 내 정신 좀 봐?"

흠.

자장가와 반물질.

전혀 어울리지 않는다.

이진은 여기서 대화를 접어야 했다.

"애들 자장가 불러 줘. 딸은 아빠가 불러 줄게."

"특혜야."

"특혜 아니지. 그렇게 말하면 그건 남녀 차별이 될 수 있어."

"인간은 원래 본성적으로 우열이 가려져."

"우공이산이라고 못 들어 봤어?"
"못 들어 봤어."
헉.
이진은 아이들의 대화에 기가 막혔다.
그래서 한마디 해야 했다.
"메리! 가서 애들 자장가 좀 불러 줘."

이진은 딸 이령의 연구 중 일부를 삭제하고 칼테크에 제출하도록 했다.
그리고 베크만 교수에게 감시를 붙였다.
결과는 얼마 지나지 않아 나왔다.
"베크만 교수가 아논이라는 연구소로 들어가는 걸 확인했습니다. 아논 연구소는 몬산토에서 설립한 연구소로 아시다시피……."
"SEE YOU의 지배를 받는 회사죠."
"아무래도 6G 개발자가 아가씨란 것이 노출된 모양입니다."
와타나베 다카기의 말에 이진도 동의할 수밖에 없었다.
그렇지 않고서야 그렇게 교묘하게 문제를 섞어 테스트를 할 리 없었다.
답을 제출하도록 한 문제는 상당히 교묘했다.

그 문제를 이진은 테라 전자 연구소 박사들에게 분리해 풀도록 했다.

풀지도 못했지만, 전혀 연관성이 없는 문제들이 여러 개 결합되어 있는 일종의 시험지 같았다.

안에는 현재 물리학 박사라면 비교적 쉽게 풀 수 있는 문제, 그리고 고난도의 대수학, 이어 양자역학 문제가 골고루 분포되어 있었던 것이다.

딸 이령이 6G 개발자라는 걸 모르면 절대 테스트해 볼 필요성이 없는, 아니 엄두도 내지 못할 고난도의 문제들이었다.

심지어 클레이 수학 연구소(CMI)에서 제시한 역대 미해결 수학 문제 7개와 관련된 문제도 포함되어 있었다.

딸 이령을 SEE YOU가 주시하고 있다는 의미였다.

'그걸 이제야 눈치채다니?'

이진은 기가 막혔다.

"어찌 하실지……. 이번 SEE YOU 모임에서 문제를 제기하심이……."

"아니에요. 그래 봐야 문제가 커지죠. 그들은 아마 우리 령이의 성과도 나눠 먹자고 덤벼들걸요?"

"그간 벌인 일들을 볼 때 그러고도 남을 자들이지요."

SEE YOU는 합의를 원칙으로 한다.

그리고 그 합의는 늘 협상으로 시작된다. 그것이 인간적이고 이성적이며 합리적이라고 여기는 것이다.

그러나 그 협상이 불발되고 더 이상 방법을 찾을 수 없으면?

전쟁이다.

무자비한 폭력으로 원하는 것을 얻으려 든다.

전쟁은 다른 수단에 의한 정치의 연속이라는 칼 폰 클라우제비츠의 말을 신봉하는 자들인 것이다.

"그리고 보안을 강화하심이……. 누군가 아가씨에 대한 정보를 유출하지 않고서는……."

"섣부른 판단은 맙시다. 그들이 충분히 유추해 낼 수도 있었으니까요."

와타나베 다카기의 말에 이진은 일단 고개를 저었다.

딸이 6G 개발자라는 것을 아는 사람은 극소수에 불과하다.

그러나 그들만 딸이 천재라는 것을 아는 것은 아니다.

이미 경희초등학교에서부터 소문이 났고, 이어 칼테크에 연구 논문을 제출하면서 증명이 된 사실이었으니 말이다.

"예, 회장님!"

"전 과장은요?"

"이미 예상되는 장소에 대한 현장 실사를 마친 모양입니다. 대응 전략이 만들어지는 대로 보고를 드린다고 했습니다."

전 과장이 가장 바빴다.

뉴욕과 재킬 섬 인근을 오가며 발생할 수 있는 모든 문제점을 점검 중이었다.

 그러나 SEE YOU가 이번 회합에서 이진을 제거할 가능성은 1퍼센트도 되지 않았다.

 만약 지금 이진을 제거한다면 그들이 얻을 수 있는 것은 거의 없기 때문이었다.

 그들이 완전히 테라의 지배 체제를 와해시키려면 메리 앤도 제거해야 하고 이어 아이들도 제거해야 한다.

 아이들은 남겨 둔다 해도 아이들의 할머니 데보라 킴과 안나까지…….

 그렇게 하지 않았을 때 어떤 결과가 오는지를 이미 몸소 체험했다.

 그때를 후회했을 것이다.

 이진의 아버지 이훈을 제거한 후 말이다.

 그때 셋만 더 제거했다면?

 할아버지와 데보라 킴, 그리고 안나까지.

 그랬다면 지금의 테라는 없을 것이었다.

 그러나 그들은 그러지 못했다.

 탐욕 때문이었다.

 사장되어 버릴지도 모를 테라의 19개 비밀 계좌를 손에 넣고 싶었을 것이다.

 그래서 샤롤을 접근시켜 이진에게서 정보를 얻어 내려 했다.

SEE YOU의 입장에서 볼 때 심부름꾼에 불과했던 이재희는 따지고 보면 테라에는 은인이었다.

가만히 두었다면 이진은 어쩌면 샤롤과 결혼을 했을지도 모를 일.

물론 할아버지 이유가 반대를 했지만 그렇게 될 가능성이 높았다.

테라의 모든 걸 손에 넣을 기회를 이재희가 날려 버린 것이다.

원래 SEE YOU는 샤롤을 죽일 생각은 없었을 것이다.

그런데 이재희의 본능은 그렇지 못했다.

"너무 지나치게 신경 쓸 필요는 없어요. 그들도 사업가 잖아요?"

"그렇긴 하지만……."

"그보다 그들이 뭘 원하느냐가 문제예요."

"이익이 되는 방향으로 속도 조절을 요구하지 않을까요?"

"바로 그거예요. 아마 테라 페이에 대해 우려를 표명할 겁니다."

"그럼 어떻게 답변하시겠습니까?"

"그게 문제란 말이죠."

이진은 눈을 감으며 소파에 등을 기댔다.

가장 우려하는 것이 바로 테라 페이의 유동성일 것이다.

어느새 국제 결제 수단으로까지 발전하고 있다.

그에 반해 다른 가상화폐들은 잰걸음이었다.

가장 파워풀한 비트코인도 걱정할 필요가 없었다.

메리 앤이 이미 반을 사들였기 때문이었다.

유동성이 줄면서 가격은 미미한 움직임을 보이고 있었다.

그저 트레이더를 가장한 투기꾼들이 가끔 물량으로 변화를 일으켜 작은 이익을 취하는 정도.

그것도 메리 앤이 개입하면 끝나는 일이었다.

"여러 가지 기안을 해 볼까요?"

"그러죠. 내 머리로는 아무리 고민해도 문제가 해결되지 않네요."

"그럴 리가요? 어쨌든 세밀한 기안을 해 보겠습니다."

"고마워요."

이진은 지친 표정으로 눈을 감은 채 대답했다.

와타나베 다카기가 물러갔다.

그러자 이진은 언제 그랬냐는 듯 벌떡 일어났다.

사실 신경 쓰고 있지도 않았다.

가서 이야기를 들어 보고…….

아니, 이제는 들어 볼 필요도 없었다.

딸에게까지 감시를 붙여 무언가를 얻어 내려 한다면 이미 선전포고를 한 것이나 다름없었다.

문제는 이진이 할 행동의 결과가 언제까지 유효하게 작동하는 것이냐는 것이었다.

"그럴 힘도 남겨 두지 말아야 해."
이진은 곧바로 전화기를 집어 들었다.

SEE YOU로부터 연락이 온 것은 3월 15일이었다.
미팅 날짜는 3월 31일.
아이러니하게도 미국 워싱턴 D.C.에서 3월 31일과 4월 1일 양일간 네 번째이자 마지막 핵 안보 정상 회의가 열리게 되어 있었다.
국내 일정도 숨 가빴다.
총선을 앞두고 있었기 때문이었다.
이진은 3월 28일 에티오피아를 거쳐 영국으로 갔다가 다음 날 뉴욕에 도착했다.
뉴욕 이스트사이드 저택에서 전 과장을 만났다.
"장소는 재킬 아일랜드입니다. 전에 가 보신 적이 있으시지요?"
"맞아요. 한데 이번에는 남은 한 자리 주인도 나오는 건가요?"
"그건 확인하지 못했습니다. 워낙에 보안을 철저히 하는지라……."
이전 회합 이후 꽤 오랜 시간이 지났다.

SEE YOU의 회합은 자주 열리는 것이 아니다.

모두에게 피해가 가거나 혹은 모두에게 이익이 가는 일에 있어 합의가 필요할 때만 열린다.

나머지는 서로 일대일, 혹은 1 대 2식으로 거래를 한다.

그러니 이번 회합에서는 중대한 문제를 의논할 것이 분명했다.

"의제는 당연히 우리겠죠?"

"그럴 겁니다. 아마 이익을 더 요구하거나 테라 페이의 확장을 제한하자고 할 것으로 사료됩니다."

"흠! 그것참!"

이진은 양손으로 깍지를 낀 채 기지개를 켰다.

"제 생각에는 받아들이는 것이 좋을 것 같습니다. 그렇게 하면 현재 상태가 당분간 유지될 수 있을 테니까요."

"나도 그렇게 생각하고 있어요. 지금 한창 잘나가는 마당에 괜히 초를 칠 필요는 없죠."

"점점 한국어 표현이 느십니다."

"하하하! 메리 덕분이죠. 아이들도 그렇고."

이진의 표정은 밝았다.

그래서인지 전 과장의 표정도 밝기만 했다.

전 과장은 보안에 대해 설명을 했다.

어차피 다른 멤버들 역시 재킬 아일랜드 안에는 제한된 인원만 동행할 수 있다.

배에 타기 전에 검문검색도 철저했다.

"이번 회합을 3월 31일에 여는 이유는 아무래도 핵 안보 정상 회의 때문이겠지요?"

"그럴 겁니다. 이목이 거기에 집중될 테니까요. 거기서 아베가 틀림없이 오바마에게 테라의 금수 조치 이야기를 꺼낼 겁니다."

"그러겠죠. 그리고 이번 회합에서도 분명히 거론될 겁니다. 벌써 1년이 다 되어 가니까요."

일본은 허덕이고 있었다.

일본인들은 테라 폰을 사기 위해 혈안이 되어 있었다.

그러나 사더라도 통신망이 4G까지밖에 지원하지 못하니 사실상 소용이 없었다.

날이 갈수록 일본 국민들의 원성이 높아져만 가고 있었다.

처음에는 노골적으로 저항했다.

NO TERA 운동이 국민적으로 일어났다.

마치 2019년 여름의 한국에서 NO JAPAN 운동이 일어난 것처럼.

그러나 시대가 이미 그런 극단적인 방법으로 민족 감정이나 국가 간 각을 세워 타격을 줄 수 있는 때는 지나가고 있었다.

죽창을 들라고?

일본 옷 가게에서 옷 사지 말고 일식집에서 밥 먹지 말고, 제트 스트림 볼펜 쓰지 말자고?

그게 얼마나 어림없는 소리들인가?

감정에 사로잡힌 국민들은 개인적으로 얼마든지 애국심을 불태우며 스스로 선택을 할 수가 있다.

그러나 지도자들은 그렇게 해서는 안 되는 일이었다.

게다가 그런 발언들이 얼마나 정치적인지를 생각하면 이진은 정치인들이 한심했다.

이제 그럴 날도 얼마 남지 않았다.

4.13 총선에서 이진이 지원하는 민주번영당은 최대 50석 이상을 목표로 하고 있었다.

아직까지 매스컴은 고작해야 교섭 단체 구성이나 하는 정도로 평가하고 있었지만, 물밑으로는 그렇지 않았다.

프레임이 아닌 사안별로 공과 사를 가려야 한다.

그래야 마땅히 자유민주주의 국가가 아니겠는가?

그것이 이진의 목표였다.

듣는 둥 마는 둥 전 과장의 보고가 끝이 나고 물러가자, 이진은 어머니 데보라 킴과 둘만 남게 되었다.

"뭐가 그렇게 걱정이니?"

"아니에요."

"좀 천천히 가지."

"그럴게요."

이진의 대답에 말을 붙여 보려던 어머니 데보라 킴은 더 이상 말을 잇지 못했다.

데보라 킴은 어느 순간부터 마치 이순신 장군의 어머니가 그런 것처럼 아들에게 내외를 하고 있었다.

데보라 킴이 일어나려 하자 이진이 입을 열었다.

"어머니!"

"왜?"

"감사드려요."

"새삼스럽게……. 내가 고맙지. 네가 테라를 지켜 냈잖니. 아마 아버지도 기뻐하실 게다."

이진은 일어나서 어머니 데보라 킴을 안았다.

그러고는 말했다.

"내일 웨스트버지니아 묘역에 좀 다녀오시죠. 메리 앤과 아이들도 올 거예요."

"정말이니? 한데 왜 메리는 아직 아무 말도 없어?"

"아무한테도 말하시면 안 돼요."

"안나에게도?"

"안나도 올 거예요."

"……."

데보라 킴은 이진의 말에 가볍게 떨었다.

"별일 아니에요. 묘역에 한번 다녀오세요."

"그러마."

대화는 거기에서 끝이 났다.

❖ ❖ ❖

3월 30일 저녁 이진은 조지아로 향했다.

그리고 31일 아침.

차에 올라 재킬 아일랜드로 향했다.

상념이 교차했다.

미국에서 자라 미국 역사에 해박한 이진이었을 것이다.

그러나 지금 이진에게 남은 미국 역사에 대한 기억은 얼마 되지 않았다.

그것도 최근 몇 년 동안 얻은 것들이었다.

1913년 12월 23일.

크리스마스 시즌이라 미국 의회는 한산했다.

그때를 이용해 상원의원 넬슨 올드리치가 발의한 법안이 날치기되듯 통과되었다.

바로 연방준비법이었다.

당시 유럽 금융권을 장악하고 있던 로스차일드는 그 틈을 타 미국 금융권에 진출했다.

선발대 격인 독일계 유대인이며 쿤뢰브 은행의 대표인 바르부르크를 통해서였다.

그러나 그 이전 록펠러와 모건을 위시한 미국 가문들이 로스차일드 등과 연대해 SEE YOU를 만들고 세계 금융 시장을 제패할 꿈을 키우는 것은 아무도 알지 못했다.

의심은 했지만 밝혀진 것은 없었다.

그런 깊은 역사를 가진 재킬 아일랜드에 이진은 두 번째 방문을 하게 되었다.

선착장에 도착하자 보안요원이 가방을 검사했다.

"실례하겠습니다, 회장님!"

어느 가문 출신인지는 모르나 교육을 제대로 받은 것만은 분명했다.

보안 검사를 요구하는 것인데도 마치 시중을 드는 듯한 느낌이었다.

"회장님! 이건……?"

"아, 구르카 블랙 드래건이에요. 다들 시가 좋아하시죠?"

"물론입니다, 회장님!"

시가라고 설명을 했는데도 보안요원은 금속 탐지기를 들이밀었다.

그러고 난 후에야 이진은 배에 오를 수 있었다.

재킬 섬에 도착하자 안내를 맡은 집사가 나와 있었다.

모든 것이 예전 그대로였다.

"미팅은 저녁 만찬을 겸해서 열릴 예정입니다. 숙소로 안내해 드리겠습니다. 비서님과 경호원분은 다른 숙소로 이동하시죠."

이진은 곧바로 동행한 오민영과 경호원 마이크와 이별을 해야 했다.

숙소에서 샤워를 한 이진은 한참 동안 앉아서 재킬 섬의 석양을 바라봐야 했다.

'배에서 내려 여기 들어올 때까지 시간이 대략 30분. 보통은 차로 이동할 수 있음에도 SEE YOU는 배를 배치해 두고 이동한다.'

이진은 생각을 거듭했다.

'식사 시간은 6시로 예정되어 있고 식사가 끝나는 시간은 7시 30분. 이어 미팅 홀로 이동해 차를 마신다.'

이 시간들은 사실상 대략적으로 계산해 둔 것이 아니었다.

참석자 중 넷의 식사 습관 및 예전 경험을 토대로 유추해 낸 것들이다.

식사 시간만 중요한 것이 아니었다.

'미팅이 9시에 끝이 나면… 여섯 중 넷이 역시 10시에 잠자리에 들지?'

이들 중 넷은 매일 10시에 정확하게 잠자리에 든다.

습관이 고정되어 있는 것이다.

이곳에서 SEE YOU 멤버들이 잠을 자도록 만들려면 적어도 10시까지는 붙잡아 두어야 한다는 뜻이었다.

그럼 이동 시간 등을 고려해 이들은 벗어나려 하지 않을 것이다.

분명 만약을 대비해 두었을 것이다.

어디선가 재킬 아일랜드 전체를 감시하고 있을 것이다.

그것은 MI6일 수도 있었고 CIA일 수도 있다.

어쩌면 위성으로 감시하고 있을지도……

또 혼자 벗어날 경우 감시가 붙을 것이다.

사고가 생긴다면 추격이 시작될 것이고 말이다.

무얼 떡밥으로 줘야 이들을 묶어 둘 수 있을까?

고민하고 고민했던 문제였다.

혼자 이곳을 쉽게 벗어나지는 못할 것이 확실했다.

오민영과 마이크만 대동했고, 전 과장의 팀은 감시를 피하기 위해 50킬로미터 밖에 있다.

미끼를 물어야만 한다.

아니면 이 일은 실패로 끝날 가능성이 높았다.

실패로 끝나면 곤란해지는 것은 이진이었다.

이들을 붙잡아 두기 위해 내놓겠다고 말해야 할 것이 너무 많았기 때문이었다.

이진이 재킬섬으로 들어간 시각.

메리 앤은 웨스트버지니아 묘역을 참배하고 나오는 길이었다.

삼둥이와 시어머니 데보라 킴, 그리고 안나가 문소영의 경호를 받으며 소풍하듯이 다니고 나오는 길.

차에 오르려 할 때 어디선가 노랫소리가 들려왔다.

둘째 이요가 노래를 따라 불렀다.

"올 모스트 헤븐 웨스트버지니아 블루릿지 마운틴 세냐도 리버!"

"어머나! 요가 컨트리송을 다 알아?"

"예전에 회장님이 좋아했잖아 언니! 메리도 좋아했고."

할머니 데보라 킴의 말에 안나까지 나서자 이요는 으쓱했다.

하지만 메리 앤은 그 순간 그 자리에 얼어붙어 버렸다.

비상 장치의 신호가 울린 것이다.

그사이 이번에는 딸 이령이 노래를 이어 따라 불렀다.

"Life is old there, older than the trees. Younger than the mountains, browin' like a breeze······."

이어 다 같이 합창을 한다.

컨트리 로드 테이크 미 홈!

메리 앤은 황급히 문소영을 불렀다.

"예, 회장님!"

"웨스트버지니아 고가에 들러야 해요."

"거긴 왜?"

메리 앤의 말에 데보라 킴이 나서서 물었다.

"회장님이 가져오라고 한 게 있어요."

"그럼 사람 시키면 되지."

"아니요. 다 함께 가야 해요."

"그럴 필요가 어디 있어. 애들 피곤하잖아."

어머니 데보라 킴은 물론이고 안나도 반대하고 나섰다.

문소영도 의아해한다.

그러나 여기서 비상 대피 신호가 왔다고 말할 수는 없었다.

경호원 수도 많고 또 그중 어느 누가 SEE YOU의 사주를 받고 있는지 알 수 없었다.

그때, 셋째 이선이 엄마를 돕고 나섰다.

"엄마! 혹시 깜짝 선물이야?"

"이런! 들켰네? 아빠가 우리 모두에게 웨스트버지니아 고가에 선물을 남겨 두셨어."

"회장님도 참!"

안나가 어이없어했다.

그러나 아이들 눈빛을 보니 어쩔 수 없는 모양.

"그럼 어쩔 수 없지. 지금 가면 늦으니까 거기서 자야겠다. 별장에 연락해."

"제가 연락하겠습니다."

문소영이 데보라 킴의 말에 나섰다.

그러자 메리 앤이 황급히 전화기를 꺼내 들었다.

"아니요. 내가 할게요."

전화를 하는 척한 메리 앤.

곧바로 차에 올라 웨스트버지니아 고가로 이동을 시작했다.

고가는 썰렁했다.

"아까는 전화를 받더니 아무도 없네?"

메리 앤의 말에 문소영이 나섰다.

"제가 경호원들과 찾아보겠습니다."

"그래 줄래요?"

메리 앤이 평소처럼 웃으면서 부탁을 했다.

그러나 속은 말이 아니었다.

마음이 급했다.

시계를 보자 저녁 9시 45분.

집 안에는 아무도 없다.

그러나 밖에는 경호원 수만 수십 명이다.

그리고 남편 이진의 말에 의하면 분명 외곽에 SEE YOU에서 보낸 감시자들이 버티고 있을 것이다.

메리 앤은 황급히 집사가 대기실로 쓰던 방으로 갔다.

안에는 큰 책장 하나가 있었다.

그걸 낑낑거리며 미는 메리 앤.

그걸 본 데보라 킴과 안나의 표정은 사색이 되었다.

"왜 그러니?"

"메리?"

드르륵.

책장이 밀려 나가자 곧바로 통로가 나왔다.

"어머니! 안나! 제 말 잘 들으세요. 아까 그 노랫소리는 비상 신호예요. 비상 신호가 오면 우린 이 아래로 대피하기로 했어요."

"…왜, 왜? 대체 무슨 일인데? 진이는?"

"회장님은?"

"들어가서 설명해 드릴게요."

메리 앤은 계단 아래로 둘을 떠밀었다.

그리고 아이들 표정을 보자 울음이 울컥 나올 뻔했다.

"자! 우리 오늘은 이 안에서 재미있게 놀까?"

"노는 건 아닌 것 같은데. 아빠는 괜찮은 거야?"

막내 이선이 지적질을 하고 나섰다.

"일단 들어가자. 가서 설명해 줄게."

벌써 딸 이령의 눈에서는 눈물이 뚝뚝 떨어지고 있었다.

그리고 둘째 이요는 애써 아닌 척하면서 가장 먼저 계단을 내려간다.

"안에서 버틸 수는 있는 거야?"

다시 나온 막내 이선의 말에 메리 앤은 기가 막혔다.

그 시각.

재킬 아일랜드에서는 이진이 자리를 털고 일어나고 있었다.

"좋습니다. 그럼 우리 테라가 가진 계좌를 오픈하죠. 30분만 기다려 주시겠습니까?"

"그렇다면 우리야 환영이죠. 한데……?"

오구라란 자.

처음 만난 SEE YOU의 멤버였다.

"자료가 선착장에 도착해 있습니다. 제법 방대하거든요."

이진의 말에도 오구라는 전화기를 들었다.

그러고 나서 말했다.

"좋습니다. 이 회장이 그렇게 해 주신다면야……. 우리도 뭘 내놓을까 준비 좀 합시다."

이진은 가져온 시가 박스를 열어 시가 하나를 입에 물고 불을 붙였다.

표정은 여유로웠다.

그러고는 시가 박스를 테이블 위에 올려놓았다.

하나가 빈 시가 박스 아래로 'SE'란 글자가 드러났다.

이진은 시가를 문 채 밖으로 나와 오민영과 마이크를 데리고 배에 올랐다.

배에는 중무장한 보안요원들이 있었지만 이진은 시가의 불이 꺼질 때까지 연기를 뿜어냈다.

재킬 섬 안에서도 시가 연기가 뿜어지긴 마찬가지였다.

SEE YOU 멤버들은 전부 시가를 피운다.

이것은 하나의 공통점이었다.

단지 오구라란 자만이 시가를 피우는지 알지 못했다.

그러나 상관없었다.

하나씩 시가를 꺼내 불을 붙이자 시가 박스 아래의 글자가 전부 드러났다.

〈See you on the other side(다른 세상에서 봅시다).〉

그때쯤 이진은 재킬 아일랜드를 벗어나 비스트에 올라탄 상태였다.

쾅.

슈슈슈슉.

지축을 울리는 폭발음이 일어나며 해일처럼 파도가 밀려들었다.

이진이 탄 비스트는 폭발의 압력에 그대로 밀려 나가 두 번이나 뒹군 후에 널브러졌다.

주변은 아수라장이었다.

선착장에 있던 보안요원들, 그리고 SEE YOU의 감시자들은 그대로 공중으로 날아올라갔다가 바닥에 떨어졌다.

순간 정적이 주변을 휩쓸고 지나갔다.

"회장님! 괜찮으십니까?"

"당연히 괜찮아야죠. 오 비서님은요?"

"오 비서님은 기절하셨습니다. 맥박은 괜찮습니다."

"자, 그럼 다음 루틴으로 갑시다."

이진의 말에 마이크가 주사기를 하나 꺼내더니 목을 찔렀다.

 이진은 눈을 몇 번 끔벅거린 후 그대로 움직임을 멈췄다.

 사이렌 소리가 요란하게 들려왔다.

 그리고 얼마 못 가 조지아 경찰과 FBI가 몰려들었다.

 〈재킬 섬에서 폭발 사고.〉
 〈재계 모임 중이던 재벌들, 생사 확인 안 돼…….〉
 〈테라 이진 회장, 무호흡 상태로 스탠퍼드 대학병원으로 긴급 후송 중…….〉
 〈다우와 나스닥 대폭락.〉
 〈오바마 대통령 비상사태 선언, 국무장관 현장 파견.〉
 〈스탠퍼드 대학병원 특별 경호 구역 지정, 비밀 경호국 요원 대규모 파견.〉
 〈핵 안보 정상 회의 참석 세계 정상들, 이 사건을 전 세계에 대한 도전으로 규정.〉

 사건이 알려진 후 곧바로 오바마는 국가안전보장회의를 소집했다.

 한국도 마찬가지였고 다른 나라들도 마찬가지였다.

하필 한국은 낮 시간이어서 증시는 대폭락을 면치 못했다.
이 모든 것을 이진은 스탠포드 대학병원의 입원실에서 지켜보고 있었다.
마이크가 들어와 보고를 했다.
"도련님들을 포함해 모두 안전하게 대피하신 상태입니다."
"그래요? 다른 움직임은요?"
"밖에서 문 실장이 찾고 있는 모양입니다. 문 실장을 들여보내야 할지 궁금해하십니다."
"그냥 가만히 기다리라고 하세요. 상황이 안정되면 연락합시다."
"예, 회장님!"
마이크가 특실에 딸린 작은 방으로 들어가 모스 부호 전송기로 웨스트버지니아의 가족들에게 소식을 전했다.
웨스트버지니아의 대피 시설에는 다른 통신 장치는 없었다.
단, 미리 준비해 둔 구형 무선 설비만이 있었다.
모스 부호를 사용할 수 있는 사람은 단 한 명.
바로 막내 이선이었다.
그래서 그걸 선택한 것이다.
'깔끔하게 해결된 건가?'
이진은 침대에 누운 채 스스로에게 자문했다.
SEE YOU의 멤버들 중 대표자들 여섯을 제거했다.

사실 이런 극단적인 방법을 선택하는 데는 많은 고민과 계획이 필요했다.

이진의 머리에서 나온 것도 아니었다.

사실 이 작전은 이재희가 계획했던 것이었다.

물론 이재희는 TNT를 생각했다.

이재희가 그런 계획을 세운 데는 다른 SEE YOU 멤버들 가문의 후계 구도가 복잡하다는 데 이유가 있었다.

테라는 이진만 제거하면 끝날 줄 알았다고 했다.

그리고 나머지는 머리만 잘라 버리면 저희끼리 싸우느라 한동안은 정신이 없을 것이 분명하다고 주장했었다.

이재희가 감옥에서 이진에게 한 말이다.

그때는 무식하면 용감하다는 생각을 했었다.

그리고 사이코패스다운 발상이라고 여겼다.

그러나 시간이 지나면서 생각해 보니 다른 방법이 없었다.

SEE YOU는 폭력 역시 비즈니스의 한 기법으로 받아들인다.

그래서 자신들이 불리해지면 전쟁을 일으키기도 하고 테러도 불사했다.

손에 총만 쥐지 않았을 뿐이지, SEE YOU의 이권 때문에 죽은 자들의 숫자만 해도 몇 만은 족히 될 것이 분명했다.

그렇게 이진은 정당성을 얻었다.

그리고 또 아이들을 생각했다.

'내가 더러운 것은 짊어지고 가자. 그래야 메리와 아이들

의 손에는 피를 묻히지 않지.'

삼둥이가 생기지 않았다면 꿈도 꾸지 못했을 계획이었다.

또 이재희처럼 계획을 했더라도 TNT로 끝날 일이 아니었다.

어떤 경우에도 증거가 남지 않아야 했기 때문이었다.

마이크가 위험하다고 반대했지만, 그래서 선착장에 도착해 비스트에 오르면 폭발이 일어나도록 만든 것이었다.

헬멧도 썼고 차에 보강 장치도 만들었다.

그랬음에도 딸 이령이 만든 반물질 폭탄은 엄청났다.

제한된 공간을 없애도록 극도로 조종했건만, 6미터짜리 파도를 일으키고 공기 파장을 가져온 것이다.

이 작전을 자세히 아는 사람은 이진 외에는 없었다.

나머지는 다 지엽적으로 나누어 부분만 알도록 했다.

메리 앤 역시 마찬가지.

'바가지 꽤나 긁히겠는데?'

어쨌든 이제는 피해자 코스프레를 할 차례.

SEE YOU 가문들은 이진 역시 피해자로 여길 것이기에 자신들 가문을 추스르는 데 전력을 다할 것이 분명했다.

이진은 그 틈을 틈타 주력 사업들을 먹어 치울 계획이었다.

주가는 예상대로 폭락하고 있었고, 현금은 충분히 준비가 되어 있었다.

그리고 하나 더 해야 할 일이 있었다.

바로 전 과장과 문소영이었다.

이들은 분명히 이진의 편이었다.

그러나 누군가 테라의 요직에서 SEE YOU에 정보를 제공했다면 그건 둘 중 하나일 수밖에 없었다.

앞으로 며칠 동안은 이들이 어떻게 하는지를 두고 볼 일이었다.

이진에게서 연락을 받은 메리 앤은 비로소 안심할 수 있었다.

모두가 무사하다니 다행이었다.

웨스트버지니아 저택 지하 대피 공간에는 밖을 볼 수 있는 모니터가 12대 설치되어 있었다.

메리 앤이 프랑스의 위성회사와 비밀리에 계약을 맺은 것으로 무선 통신 장비였다.

그래서 이곳에서 밖을 내다볼 수 있는지는 아무도 몰랐다.

문소영 역시 마찬가지였다.

내부 역시 마찬가지다.

6G의 핵심 기술을 이용해 곳곳에 초소형 무선 카메라가 설치되어 있었다.

벌써 1년 전쯤 유니버스 활동을 할 때 비밀리에 들러 설치한 것들이었다.

설치한 사람들은 그저 가구나 그림 혹은 집기를 설치하는 걸로 생각했을 것이다.

"자! 피 12장, 할머니가 먼저 났다."

"세상에, 이럴 수는 없는데?"

어이없게도 지하 대피소에서는 지금 고스톱 판이 벌어지고 있었다.

이상한 것은 가장 머리가 좋은 딸 이령이 번번이 할머니 데보라 킴에게 당한다는 것이었다.

"이상하다니? 다 실력이야."

"아니야. 할머니가 휩소를 쓴 거야?"

"노! 네버! 이 고스톱이란 게 그림, 숫자 기억한다고 되는 게 아니야."

"아니면? 지금까지 엄마하고 아빠하고 블랙잭 해서 한 번도 내가 져 본 적이 없어. 나 안 할래."

"이것도 안 하면 무슨 재미로 여기 더 있을래? 자! 다시 패 돌린다?"

안나가 다시 화투장을 모으자 데보라 킴이 소리를 버럭 질렀다.

"스톱! 나 고 하려고 했어."

"방금 언니가 스톱이라고 했잖아?"

메리 앤은 어이가 없어 돌아보다가 모니터에서 문소영을

발견했다.

"문 실장인데?"

"돌아왔어?"

"예."

모니터에 문소영이 나타났다.

물론 처음 나타난 것은 아니다.

가족들이 모두 갑자기 사라지자 난리가 났었다.

거의 밤을 새워 가며 내부를 뒤지다가 아침이 되자 철수를 했었다.

그런데 다시 나타난 것이다.

"우리가 너무하는 거 아닐까?"

안나가 물끄러미 모니터를 바라보면서 말했다.

밤새 문소영이 안절부절못하는 것이 안쓰러웠던 것이다.

문을 열고 안으로 들이고 싶을 정도였다.

그러나 막내 이선은 문소영이 안절부절못하고는 있지만 울지는 않고 있다고 지적했다.

가만히 생각해 보니 평소 문소영이라면 울고도 남을 일이었다.

감정적인 사람은 아니었지만 삼둥이와 가족들 일이라면 잘도 울던 문소영이었다.

그래서 지켜보는 중이었다.

어쨌든 이진의 부탁도 가족들만 있어야 한다는 것이었다.

"혼자네?"

"그러게요."

"보안요원들을 다 보낸 걸까?"

데보라 킴이 메리 앤에게 물었다.

그때 문이 열리며 남자 한 명이 들어온다.

"전 과장이에요."

"진이는?"

전 과장이 왔다면 마땅히 이진이 와야 한다.

그런데 이진은 없고 전 과장만 들어온다.

그것도 혼자였다.

전 과장이 혼자 다닌 적이 있던가?

그 순간, 문소영이 전 과장에게 와락 안겨 드는 것이 보였다.

"둘이 사귀나 봐?"

딸 이령이 소리쳤다.

그러나 그럴 리가 없었다.

둘은 나이로 봐도, 그리고 가문들의 특성으로 봐도 사귈 만한 사람들은 아니었다.

그런 말을 들어 본 적도 없다.

전 과장이 문소영을 떼어 놓는다.

그때 딸 이령이 모니터 밑에 부착된 전자 장치를 만졌다.

"가만히 있어."

"소리 좀 들으려고 그래."

"뭐? 그럼 밖에서 나는 소리를 다 들을 수 있단 말이야?"
"직접은 아니고……."

딸 이령이 자신의 스마트폰을 꺼내 이것저것 버튼을 눌러 댔다. 그러자 놀랍게도 스마트폰을 통해 목소리가 들려오기 시작했다.

"한 5초 늦어."

딸 이령이 알렸다.

가족들은 모두 스마트 폰 소리에 귀를 기울였다.

『회장님은요?』

『의식이 없는 상태야.』

전 과장의 말에 문소영이 고개를 푹 숙인다.

이진이 의식불명이라는 말에 슬퍼하는 것으로 보였다.

『여긴 대체 어떻게 된 거야?』

『외부 시설 점검을 나갔다 와 보니까 아무도 없었어요.』

『다 뒤져 봤어?』

『예. 여기 제가 처음이 아니잖아요.』

『그럼 외부로 나갔단 말이야?』

『그게… 지금으로서는 확인이 안 돼요. 그 시간에 이곳을 지난 위성을 찾아봤는데 없어요.』

『흠! 대체…….』

전 과장이 걱정스러운 눈빛으로 내부를 둘러본다.

메리 앤은 순간 미안한 마음이 들 수밖에 없었다.

당장이라도 여기에 있다고 알리고 싶었다.

그러나 이진이 네버라고 말한 것이 떠올라 그럴 수는 없었다.

전 과장의 음성이 다시 들려왔다.

『그럼 집 주변에 보안요원들을 좀 남기고 철수하자고.』

『집은 그냥 두고요?』

『그럴 수는 없지. 혹시 모르니까 날려 버려.』

헉.

메리 앤은 방금 전 과장의 말을 잘못 들었나 싶었다.

분명 날려 버리라고 했다.

『아무래도 그래야겠죠? 혹시 안에 숨어 있을 수도 있으니까.』

그리고 이어 나온 문소영의 말에 모든 것이 명확해졌.

숨어 있을 수도 있는 사람은 바로 가족들인 것이었다.

"어머나, 세상에… 저 뻔뻔한 연놈들……."

데보라 킴은 눈물까지 흘리며 분노에 찬 음성을 토해 냈다.

그때 딸 이령이 말했다.

"할머니! 걱정 마. 여기 핵폭탄이 터져도 끄떡없어."

"뭐?"

"헤헤헤! 아빠가 전에 안전 가옥을 한번 설계해 보라고 숙제를 내셨거든. 그래서 내가 설계한 거야."

제4장
모든 길은 테라로 통한다

재벌집 망나니
7대 독자

들고 있던 메리 앤은 기가 막히면서도 소름이 돋았다.

어디까지가 우리 편인지…….

아니, 그냥 테라 일가라는 것 때문에 누구도 가족들의 편에 서는 자는 없는 것 같았다.

세상에 가족들밖에 없는 것 같았다.

그런 메리 앤에 비해 시어머니 데보라 킴이나 안나는 비교적 담담했다.

'저런 걸 학습 효과라고 하는 거겠지?'

아마 시아버지가 돌아가셨을 때도 무서웠을 것이다.

'아니지. 그때는 시할아버지께서 계셨잖아?'

이진의 아버지 이훈이 비행기 사고로 죽었을 당시에는

시할아버지 이유가 있었다.

 하지만 시할아버지가 계셨다고 해도 메리 앤은 이진이 없으면 무서울 것 같았다.

"그럼 가만히 있으면 된다는 말이네?"

"응. 할머니! 우리 고스톱이나 더 하자."

"지고는 못 사는 건 제 아빠를 빼닮았네. 그럼 그러자."

데보라 킴은 기세 좋게 패를 다시 돌렸다.

그러는 사이 다시 문소영의 목소리가 들려왔다.

『대체 어떻게 돌아가는 거예요?』

『내 말이……. 어쨌든 절호의 기회야. 이젠 움직여야 해. 이령 고 계집애 능력을 더 뽑아 먹으려고 버티다간 아무것도 못 건져.』

『어쩌시려고요?』

『에티오피아로 가야지. 거기만 장악하면 다 끝나.』

메리 앤은 혀를 내둘렀다.

그때 어머니 데보라 킴의 목소리가 들려왔다.

"령이 욕했다고 발끈하면 안 돼."

"아, 예."

메리 앤은 이진에게 문자를 보내야 했다.

전 과장도, 그리고 문소영도 배신자라고…….

전 과장 너마저도?

게다가 늘 아이들 곁에서 힘이 되어 주던 문소영까지다.

마이크에게서 비상 연락을 받은 이진은 머리끝까지 분노가 치밀어 올랐다.

그러나 곧 이성을 되찾아야 했다.

전 과장이 그렇다면 전칠삼은?

그리고 오시영은?

어쩌면 두 노인도 관련이 있을 수 있었다.

턱밑에서 테라의 나머지 비밀 계좌 때문에 지금까지 웅크리고 있었을지도 모른다.

그리고 지금에 와선 그 비밀 계좌를 다 오픈하더라도 테라의 재산이 늘어나는 걸 따라잡지 못한다고 계산한 것일까?

"오민영 씨는 어때요?"

"회복 중입니다. 한데 회장님하고 저보다 더 타격이 컸던 모양입니다."

오민영은 재킬 아일랜드에 들어가서 나올 때까지 현재 상황을 제대로 알지 못하고 있었다.

이진이 신뢰할 수 있는 사람이란 많지 않았다.

마이크 역시 처음에는 마찬가지.

그래서 이진은 마이크에 대한 조사를 했었다.

테라에서 오래 근무하긴 했지만 그 시기가 애매했다.

이진이 영국의 옥스퍼드에서 공부할 당시 테라에 들어

왔기 때문이었다.

마이크를 뽑은 사람은 할아버지 이유였다.

그러나 나중에 기록을 검토해 보니 마이크를 할아버지가 뽑은 이유가 있었다.

바로 마이크의 아버지 역시 이진의 아버지와 함께 SEE YOU에 의해 추락한 비행기 안에 있었던 것.

그래서 이진은 마이크를 가장 믿을 수 있는 사람이라고 생각했다.

마이크의 목표는 아주 단순했다.

바로 자신의 아버지인 애덤을 죽인 상대에게 복수를 하는 것.

그래서 마이크를 믿을 수 있었다.

오민영의 경우는 이진이 한국에 들어와서 만났다.

사실 관련이 없어야 한다.

그런데도 이진은 되짚을 수밖에 없었다.

"위성전화 좀 가지고 와 봐요."

"회장님! 지금 전화하는 건 좀 위험합니다. 회장님께서 건재하다는 것이 노출될 수 있습니다."

이진의 지시에 마이크가 제지하고 나섰다.

그러나 이진의 표정을 보더니 위성전화를 가지고 왔다.

이진은 어디론가 전화를 해 이사님을 바꿔 달라고 했다.

그리고 잠시 후, 이진이 다짜고짜 말했다.

"나야."

(설마 너… 괜찮은 거야?)

통화 상대는 송서찬이었다.

"난 괜찮아. 대신 비밀이야."

(다행이다. 뉴스 듣고 진짜 놀랐어. 잠깐만!)

송서찬이 주변을 물렸는지 아니면 장소를 바꿨는지 기다리라고 했다.

그리고 잠시 후.

(제수씨는? 아이들은 괜찮은 거지? 뉴스가 하도 흉흉해서……)

"……."

이진은 잠깐 멈칫해야 했다.

송서찬이라면 당연히 결혼까지 생각하며 사귀는 오민영의 안부를 먼저 물어야 한다.

한동안 오민영과 테라 엔터테인먼트에서 함께 근무하며 알콩달콩했다.

그러던 오민영을 소환해 이번 미국행에 동행시킨 이유는 의심받지 않기 위해서였다.

오랫동안 이진의 곁을 지킨 오민영이 수행하지 않는다면 분명 SEE YOU 멤버들이 의심할 것이 확실했다.

늘 그렇게 다녔으니 말이다.

그런데 가만히 생각해 보니 차출한 후에도 통화조차 하는 걸 본 적이 없다.

그렇다고 다짜고짜 왜 그러느냐고 물을 수는 없었다.

"넌 다른 사람 안부부터 물어야 하는 거 아니야?"

(누구?)

"오 비서님!"

(아… 괜찮아?)

이건 뭐지?

이진은 무언가 있음을 직감했다.

"사이가 안 좋아?"

(그냥. 나하곤 다른 사람 같아서. 알다시피 내가 그릇이 작잖아.)

"갑자기 웬 자기 비하? 무슨 일이 있었기에 그래?"

(할리우드에 아는 기획자들도 많고 또 자꾸 사람을 소개시키는데, 알다시피 난…….)

"아!"

송서찬은 낯을 가린다.

(그래서 사실 좀 부담스러웠어.)

"그럼 내가 잘 데리고 온 거네?"

(그런 뜻은 아니고. 아무튼 그런 마인드로 어떻게 네 비서로 만족하고 지냈는지 몰라. 민영 씨는 어때?)

이진은 곧바로 오민영이 자신이 알고 있던 오민영이 아님을 간파했다.

오씨 집안의 사람인가?

"괜찮아. 혹시 오 비서님이 일본어 해?"

(응. 일본어는 특히 잘해.)

"어떻게 알았어?"

(지난번 민영 씨 쓰던 방에 보니까 골동품 관련 자료가 있더라고. 오 무슨 컬렉션이었는데?)

"…혹시 오구라 컬렉션이야?"

(맞다. 바로 그거야. 그래서 내가 물어봤지. 그런데 얼버무리고 말더라고.)

"그랬구나."

(언제 퇴원해? 너 의식불명이라던데…….)

"서찬아! 그거 정말 비밀이다. 너 내 친구 맞지?"

(새삼스럽게…….)

송서찬의 대답은 긍정적이었다.

송서찬은 소심하고 겁이 많은 데다가 큰 욕심이 없지만 상대를 배려하는 마음만큼은 큰 사람이었다.

그래서 이진은 마음이 놓였다.

전화를 끊고 나자 오구라 컬렉션이 떠올랐다.

'오구라 컬렉션!'

문화재에 관심이 있는 사람이라면 한 번쯤 들어 본 컬렉션일 것이다.

오구라 컬렉션은 일본 제국 시기 남선 합동 전기 회사의 사장이던 오구라 다케노스케가 한국에서 수집해 간 유물들을 말한다.

오구라 컬렉션에 대한 기록을 이진이 처음 본 곳은 내규장각에서였다.

할아버지 이유와 아버지 이훈은 오구라 다케노스케와 거래를 했었다.

한국전쟁 이후 테라는 비밀리에 오구라 다케노스케에게 엄청난 거액을 주고 골동품들을 사들였다.

그리고 남은 5~6세기 금동관모 등 8점이 일본의 중요 문화재로, 31점이 중요 미술품으로 인정되는 등 모두 39점의 유물이 일본의 국가 문화재로 지정되어 있을 정도.

어쨌든 그때 이미 SEE YOU의 멤버였던 오구라 다케노스케가 할아버지와 아버지에게 골동품을 미끼로 접근한 것만은 분명했다.

며칠 전 재킬 섬에서 자신을 알아봐 달라는 듯한 표정을 짓던 오구라 신지란 놈이 생각났다.

오구라 가문이 바로 후지 고오에의 수장이고 일왕의 대리인인 것이다.

오민영이 그런 걸 확인하고 있었다면 오구라 가문에서 테라에 판 골동품들의 소재를 파악하려 했던 것이 분명했다.

그건 이진이 엔화를 미끼로 아베에게 요구했던 것들의 가치와는 차원이 달랐다.

일본이 조선에서 임진년부터 일제 강점기까지 약탈해

간 골동품 중 가장 중요한 것들.

'어쨌든 오구라란 새끼는 죽었고……. 오민영은?'

적어도 오민영은 오씨 가문과는 관계가 없다.

그렇다면 일본의 오구라 가문의 일원일 가능성이 높았다.

"오 비서는 정확히 얼마나 다친 거예요?"

"모르겠습니다. 정확한 진단이 안 나옵니다."

"오 비서 주변은요?"

"전부 차단되었습니다. 개인 소지품 전부를 격리시켰습니다. 몸에 이식한 것도 없습니다."

"그럼 다행이네……."

이진은 그렇게 말한 후 다시 전화를 걸었다.

통화가 연결되자.

"형! 나야."

(이게 누구셔. 바쁘신 테라 회장님께서 전화를 다 하시고?)

"어딘데?"

(나야 아프리카지. 너도 여기 한번 와라. 한데 무슨 일 있는 거야?)

"뉴스도 못 봤겠네?"

(당연하지. 그래서 정말 행복하다.)

강우신이었다.

강우신은 자청해서 에티오피아로 떠난 후 다시 아프리카로 갔다.

무얼 하러 간 것은 아니라고 했다.

그냥 봉사활동이 체질에 맞는다고 했다.

이진은 혹시나 싶어 위성전화 하나를 보내 두었다.

그러나 지금까지 연락할 일이 없었다.

평온한 일상에 만족하고 있는 강우신에게 부탁을 하는 것이 미안했다.

그러나 지금 상황에서는 어쩔 도리가 없었다.

"미안한데, 형이 에티오피아에 좀 가 줘야겠어. 전에 나하고 우리 가문 이야기 한 적 있는데 기억나?"

(…그렇게 심각해?)

"그렇게 됐네. 형이 에티오피아 기지 좀 장악해 줘. 누구든 오면 좀 막아 주고."

(그 말은 전 과장이?)

"맞아."

이진의 말에 강우신이 침묵했다.

그리고 잠시 후.

(그래. 바로 갈게.)

강우신은 그 말만 하고 전화를 끊었다.

강우신이 있어서 다행이란 생각이 들었다.

오민영은 눈을 감고 있었다.

이진의 병실과 연결된 병실이다.

밖으로 나가는 출입문이 없어 이진의 병실을 통해야만 나갈 수 있다.

이진은 일부러 휠체어에 탄 채로 오민영의 병실로 이동했다.

주삿바늘을 꽂은 채 눈을 감고 누워 있는 오민영이 보였다.

이진은 다가가서 이마를 손으로 짚었다.

그리고 나직하게 입을 열었다.

"오구라 유나!"

손바닥을 통해 피부의 수축이 느껴져 온다.

"죽은 오구라 신지의 막냇동생이라면서?"

다시 손을 통해 전해지는 팽창과 수축.

틀림없는 오구라 가문에서 파견한 스파이였다.

"그만 일어나지? 벌써 이틀째 죽은 척하고 있느라 힘들었을 텐데……."

잠시 후, 오민영의 눈이 떠졌다.

담담한 눈동자.

"어떻게 아셨어요?"

"서찬이는 굉장히 예민한 애야."

"호호호! 소심한 것이 때로는 도움이 되기도 하네요."

"마음이 중요한 거지. 이제 실토할래?"

"이미 올 클리어 된 거 아니에요?"

체념인지 아니면 자신감인지는 파악이 되질 않는다.

"그렇지. 올 클리어지. 그보다는 자신의 운명이 어떻게 될지 걱정 안 돼?"

"호호호! 그런 걱정을 왜 해요? 기회는 다시 올 텐데요."

이진은 어이가 없었다.

"그건 무슨 뜻일까?"

"내가 회장님 옆에서 몇 년인데……. 사실 비서질 하느라고 힘들었거든요. 언제 풀어 주실래요?"

"내가 왜 널 풀어 줄 거라고 생각하지?"

"회장님은 이재희가 아니잖아요."

오민영, 아니 오구라 유나가 정곡을 찔렀다.

파악은 잘했다.

이진은 정도를 걷는다. 힘으로 눌러 버릴 수 있는 것을 지금까지도 그렇게 해 왔으니까.

그러니 오구라 유나가 착각할 만도 했다.

"그런데 상황이 참 골 때리게 됐네."

"어떻게요? 전 과장을 놓친 거예요?"

"둘이 사귀는 사이였어?"

"어머나! 그럴 리가요. 노인네들이 그냥 알고 지내라고 인사시킨 정도예요. 저도 보는 눈이 있거든요."

"그 말은 내가 좀 생겼다는 뜻인가?"

"풋!"

웃어?

이진은 어이가 없었다.

"사실 좀 흔들어 보려고 처음엔 그랬어요. 근데 내가 회장님 스타일은 아니었나 봐. 대체 메리 앤 그 미련한 애가 왜 좋은 거예요?"

"내 애를 낳았잖아. 너도 애 좀 써 보지."

"그랬구나. 임을 봐야 뽕을 따죠."

"한국 속담도 제법이네. 그래서 말인데… 온순한 동물도 제 새끼가 관련되면 사나워지거든."

오구라 유나의 안색이 경직된다.

그때 마이크가 주사기 하나를 들고 들어왔다.

"니들 말로 내 나와바리에 내 새끼들을 건드릴 무언가가 있다면 나도 망설이지 않아."

"…이, 이봐요."

"보긴 뭘 봐. 그리고 내가 한 가지 얘기해 줄 게 있는데 말이야."

이진은 입술을 오구라 유나의 귀에 바짝 들이댔다.

"니들이 알고 있는 그 이진은 내가 아니야."

"그게 무슨……"

그 말을 마지막으로 오구라 유나의 눈이 감겨 갔다.

마이크의 목소리가 들려왔다.

"천천히 편안하게 죽을 겁니다. 흔적도 남지 않습니다."

"그거 아쉽네."
"해독제를 투입할까요?"
"그건 아니고."
이진은 웃으며 휠체어를 돌렸다.

박주운은 세상이 영화보다 더 잔인하며 더럽다는 것을 이서경을 만나고 알았다.

그런데 지금 이진으로 살다 보니 박주운이 겪은 세상은 아무것도 아니었다.

겉으로 보기에는 문제가 있어도 잘 돌아가는 세계, 국가, 질서……

그러나 안을 들여다보면 콩고나 소말리아와 다를 바가 없다.

물밑에선 여전히 인간끼리 죽고 죽이는 세상이 펼쳐지고 있는 것이다.

그러나 평범한 사람들은 그걸 알지 못한다.

어느 공무원이 이런 말을 해서 사회의 지탄을 받았다.

'민중은 개돼지다.'

모르면 정말 그렇게 산다.

스스로 똑똑한 척하면서…….

자신이 이용당하고 있다는 걸 모른 채 누군가의 하수인 노릇이나 하면서 살아가게 되는 것이다.

그러나 안다고 달라질까?

민중은 선택의 권리가 있다.

누구나 자신의 삶을 선택할 권리가 있는 것이다.

그러므로 자신의 삶을 스스로 선택한다면 더 이상은 개돼지가 되지 않는다.

온전한 인간으로 살게 된다.

그렇다고 해서 달라지는 것은 여전히 없다.

인생이 비극이란 것은 피할 수 없는 것이다.

자본주의나 정치권을 탓하지 마라.

당신의 적들을 욕하지 마라. 체제를 손봐야 한다고 말하기 전에 당신의 경험을 정리해라.

가정도 평화롭고 정의롭게 꾸리지 못하면서 어떻게 함부로 세상을 평가하고 세상에 자신이 할 일이 있다고 말할 수 있는가?

당신의 양심과 이성이 시키는 일만 하라.

이진은 조던 피터슨의 혼돈의 해독제를 떠올렸다.

"오바마 대통령이 매일 회장님 상태를 묻고 있다고 합니다. 랜던 박사가 제대로 대처하고 있습니다."

"랜던 박사는 어때요?"

"오랫동안 테라 가문의 주치의였습니다. 그리고 이번 일이 끝나면 그분 숙원인 개인 암 연구 센터를 설립해 드리기로 했습니다. 세계 최대 규모로요."

"다행이네요."

랜던 박사를 의심해야 하는 상황이라니?

이진은 그런 스스로에게 조금은 실망해야 했다.

아무튼 무언가를 주는 것은 아무리 랜던 박사를 믿는다고 하더라고 해야 할 일이었다.

'줘라. 아낌없이.'

할아버지 이유의 유언이었다.

더구나 랜던 박사의 요구는 고통받는 암환자들을 돈과 상관없이 구하는 일이었다.

"에티오피아는 아직 소식 없죠?"

"예. 강 회장님은 이미 도착을 하셔서 맡기신 일들을 처리하고 계신 것 같습니다."

이진은 고개를 끄덕였다.

강우신이라면 잘 해낼 것이다.

'형! 난 모든 길을 테라로 통하게 하고 싶어. 나 좀 도와

줄래?'
'네가 정의롭다면······.'
'정의의 정의는 뭐야?'
'사람에게 도움이 되는 것. 프레임으로 소수가 희생당하지 않도록 하는 것. 그게 정의 아닐까?'

강우신과 나눈 대화였다.
이진이란 인간이 아주 이기적인 인간임에 비해 다행히도 메리 앤은 그렇지 않았다.
어쩌면 강우신이 이진의 요청을 순순히 받아들인 것도 메리 앤의 테라 유니버스 때문이었을 가능성이 컸다.
그만큼 메리 앤은 테라 유니버스를 통해 많은 것을 얻어냈다.
이진은 강우신이 메리 앤을 신뢰한다고 생각했다.
어쩌면 메리 앤이 이진을 선택하지 않았다면 강우신이 대시했을 수도 있다.
"내 동생과도 통화되죠?"
"예."
마이크가 전화기를 가지고 왔다.
"영주니?"
(오빠?)
박영주의 목소리에는 이미 울음소리가 섞여 있었다.

"난 괜찮다. 넌 어디니?"

(정말 괜찮은 거예요?)

"그럼. 한데 비밀이다."

(다행이다. 여기 앙골라예요. 위성 TV 뉴스 보고 정말 놀랐어요. 돌아가려고 짐 정리하던 중이에요.)

"그래. 영주 너도 이제 돌아와. 교통편 보낼 테니까 바로 한국으로 와."

(예. 그럼 그때 봬요.)

박영주 일도 끝내자 더 할 일이 없었다.

이제는 기다릴 수밖에 없다.

강우신에게 소식이 올 때까지.

병실에 켜진 TV에는 CNN 기자가 재킬 섬 인근에서 사고를 보도하고 있었다.

테러인지 아니면 자연 현상인지 아무것도 확인이 되지 않고 있다는 내용이었다.

"어서 와요."

"강 회장이 여긴 웬일입니까?"

전 과장이 에티오피아 기지에 도착했을 때는 특이할 만한 사실이 없었다.

먼저 직원들의 동요를 차단한 후 사무실로 들어가자 어이없게도 기다리는 사람이 있었다.

전 과장은 멈칫했지만 놀라지는 않았다.

이곳은 에티오피아 기지이고 1만 5천 명이나 되는 친위대가 있다.

이진이 직접 왔다고 하더라도 빠져나갈 구멍은 없었다.

"회장님 지시가 있어서요."

"회장님은 지금 스탠퍼드 대학병원에 계십니다."

"압니다."

"의식불명이신 회장님의 지시가 있었다고요?"

"의식불명인데 어떻게 지시를 합니까?"

강우신이 전 과장이 평소 사용하던 의자에 앉아 있다가 일어나며 대답했다.

"그런데 지시라니요?"

"그만합시다. 알 만한 사람끼리……."

강우신이 웃으며 말하자 전 과장이 갑자기 웃기 시작했다.

"하하하하! 그래도 옥스퍼드 동창이라 나눈 이야기가 있었던 건가?"

"그 대상이 설마 전 과장님인 줄 몰랐었을 뿐이죠."

"그래 봐야 달라질 건 없을 텐데?"

전 과장이 자신의 책상으로 다가가 버튼을 눌렀다.

그러자 유리벽 바깥으로 보안요원들이 나타났다.

"그냥 아프리카에 있었으면 죽지는 않았을 거야."
"혹시 게임 이론 알아요?"
"그게 무슨 말이야?"
"테라가 1인 지배 체제잖아요."
"그랬었지."

전 과장은 무슨 말인가 싶어 대답은 했지만 과거형을 썼다.

"옥스퍼드에서 구상한 것이 있어요. 최악의 상황이 되었을 때를 가정해서 말이죠."
"무슨 소리야?"
"만약에 테라가 공격을 받아 위기에 처하게 되면 균형을 이루게 돼요."
"무슨 소리냐고?"
"역시 군바리 출신이라 머리가 나쁘네. 내 말은 테라가 언더커버에서 벗어날 때부터 최악의 상황을 맞을 경우에도 몰락이 아닌 균형을 유지하도록 설계를 했단 뜻이에요."
"그게 무슨 소리냐니까?"
"내쉬 균형 모르죠? 그걸 이진 그 친구가 옥스퍼드에서 새롭게 해석했어요. 그리고 아예 테라에 적용까지 했죠."
"더는 못 들어 주겠네."

강우신의 말에 전 과장이 손을 들어 올렸다.

끝어내라는 신호였다.

밖에서 기다리던 보안요원들이 자동 소총으로 무장한 채 안으로 들어왔다.

그러나 총구가 향한 곳은 강우신이 아니었다.

"뭐, 뭐 하는 거야?"

"그러니까 머리가 나쁘다고 했잖아요. 세상에 머무르는 것은 없어요. 에티오피아 군사 조직은 내부에서 끊임없이 순환되도록 설계된 거예요. 그러니 전 과장님이 자기 사람들로 채웠다고 생각한 것은 착각이란 얘기예요."

"……."

전 과장의 어깨가 사정없이 흔들렸다.

그리고 주변을 빠르게 살핀다.

전 과장 정도의 훈련을 거친 사람이라면 상황에 따라 이곳을 벗어날 수도 있다.

"불필요한 짓은 하지 마세요. 이게 전부는 아니니까. 궁금한 게 있어요."

강우신이 전 과장에게 물었다.

대답이 나오지 않는다.

"어르신이 주도하신 거겠죠?"

"……."

"내부의 적이 아니고서야 여기까지 올 수는 없잖아요."

"이제 와서 그게 다 무슨 소용인데?"

전 과장의 입이 열렸다.

모든 길은 테라로 통한다 · 177

"그렇긴 하죠. 탐욕 때문이죠?"
"……."

다 끝났다면서도 다시 묻는 강우신.

탐욕 때문이었다.

전 과장의 눈빛이 사정없이 흔들렸다.

대대로 수많은 기회가 있었다.

조상들이 아메리카 대륙에 도착한 후에도 그랬다.

테라를 벗어나기도 했다.

그러나 돌아보면 테라는 이미 많은 것을 가지고 있었다.

다시 테라로 돌아왔다.

테라는 늘 그대로 품어 주었다.

지원도 아끼지 않았다.

그리고 다시 벗어나고 싶을 때쯤에는 테라는 더 많은 걸 가지고 있었다.

조금 더 크면…….

그렇게 계속 미뤄져 왔다.

어차피 조선의 옛 왕들처럼 테라의 주인들은 가신들이 에워싸고 있었으니까.

그리고 조금만 더.

가장 먼저 떠난 것은 조선에서 쫓겨난 문씨 여인이었다.

여종이었으니 그럴 만도 했다.

사실 문소영의 경우는 문씨 가문의 사람이라고 할 수도

없었다.
 그렇다고 만든 것은 바로 전씨 가문과 오씨 가문이었으니 말이다.
 두 가문은 테라에 대해 모르는 것이 없었다.
 다만 문제는 기록과 왕실 재산의 정확한 소재였다.
 그 두 가지가 항상 발목을 잡았다.
 그걸 이진이 오픈하면서부터 일은 급하게 추진되었다.
 그러나 다시 발목을 잡은 것은 바로 이진의 딸인 이령이었다.
 정확히 말하면 이령의 발명품들.
 탐욕이 생겨났다.
 전 세계의 부를 다 손에 넣을 무언가가 나올 수 있었으니까.
 그렇게 지금까지 온 것이다.
 "오씨 가문 어르신은요?"
 "자식이 테라 때문에 죽었다고 여기는데 그럼 가만히 있을까?"
 전 과장이 시인을 했다.
 강우신도 들어서 안다.
 테라 이스트사이드 저택의 집사장이었던 오경석.
 이진은 그의 배반을 다 알면서도 그걸 묻어 주고 웨스트 버지니아 묘소에 안장까지 시켜 줬는데…….

이들은 그 주범이 이진이라고 여기는 것이다.

사실 오경석 집사장 역시 탐욕 때문에 그런 선택을 한 것이었다.

그리고 그를 없앤 것은 외적으로는 체첸 마피아였고, 배후는 러시아 정부이긴 했다.

하나 직접적으로 그를 뉴욕의 맨션 벽에 묻어 버린 것은 다른 사람이었다.

그걸 이들은 정확히 알고 있었다.

그러면서도 쇼를 한 것이다.

"이유 그 노인네가 오 집사장을 죽였을 때 이미 일은 끝난 거야. 그리고 그걸 손자에게 들키지 않으려 온갖 추잡한 짓을 했지."

"가족이 궁지에 몰리면 누구라도 무슨 짓이든 하게 되는 거예요. 지금 회장님이 그렇잖아요?"

"그럼 재킬 아일랜드가……."

"회장님은 괜찮으세요."

강우신이 고개를 끄덕였다.

"참 대담하네. 설마 그렇게 하리라곤 생각도 못했는데……. 그럼 메리와 애들도?"

"잘 있어요."

"어떻게 그럴 수 있었던 거지? 비상 장치도 내가 만들어 줬고 또 모든 통화까지 다 들었는데……."

"과연 그랬을까요? 그 시스템을 누가 만들었는지 한번 생각해 봐요."
"그럼 그걸 령이 그 아이가……."
강우신이 다시 고개를 끄덕인 후 입을 열었다.
"령이는 그냥 숙제를 한 거죠. 아빠가 만들어 달라고 하는데 자랑 안 할 딸이 어디 있겠어요?"
"내가 사람을 잘못 봤네."
"나도 가끔 그런 생각이 들긴 해요. 회장님이 어떨 때는 산전수전 다 겪은 노땅처럼 보인다니까?"
강우신이 그 말을 마지막으로 손짓을 했다.
"어쩔 셈인데……."
"새끼를 계속 위협하는 하이에나 무리를 어미 사자들이 어쩌겠어요?"
전 과장의 표정에 허탈함이 느껴졌다.
그러자 강우신이 물었다.
"한데 이름이 정말 과장이에요?"
"……."
전 과장은 대답을 하지 않은 채 끌려 나갔다.
그 뒤를 강우신이 따라 걸었다.
군사 기지로 갔지만 누구도 전 과장을 구하려 들거나 의아해하지 않는다.
전 과장은 이미 모든 것을 이진이 장악했다는 사실을 인정하지 않을 수 없었다.

지하로 내려가자 평소 전 과장이 훈련장으로 쓰던 트레이닝 룸이 나왔다.

보안요원들은 그곳에 전 과장을 밀어 넣은 후 돌아갔다.

그리고 잠시 후, 강우신이 들어왔다.

"뭐 하는 짓이야?"

"대단하다고 들었어. 그래서 한번 시험 좀 해 보려고."

"하하하! 후회할 텐데?"

강우신은 대답 대신 나이프 하나를 슬그머니 꺼내 들었다.

반달 모양의 나이프.

"칼리?"

전 과장이 물었다.

강우신이 머리를 끄덕였다.

"고작 취미 삼아 배운 걸로 목숨을 걸어?"

전 과장은 의아하지 않을 수 없었다.

"그건 네 생각이지. 내가 옥스퍼드에서 회장님을 만난 게 우연일까?"

"이런······."

전 과장이 그제야 눈치를 챘다.

"맞아. 우리 집안은 원래부터 테라 가문이었어. 전대 회장님들이 심어 둔 히든카드지."

"그놈은 알아?"

"당연히 모르지. 알면 히든카드라고 할 수 있어?"
"그렇다고 해도 넌 안 돼."
전 과장이 트레이닝 룸 서랍을 열더니 단검 하나를 꺼내 들었다.
"다행이긴 하네. 너라도 데리고 갈 수 있어서 말이야."
"그게 마음먹은 대로 될까? 넌 아마 회장님 상대도 안 될 거야."
"……."
전 과장이 입술을 깨물었다.
그 순간, 강우신이 든 나이프가 전 과장의 목을 향해 날아들었다.

채챙.
챙챙챙.
짧은 단검들이 연이어 부딪치며 맑은 소리를 냈다.
그리고 강우신과 전 과장은 거리를 두고 떨어졌다.
"…그냥 가난한데 출세를 꿈꾸다 그놈을 만나 운 좋게 돈이나 좀 번 놈인 줄 알았는데……."
"내 말이……."
전 과장의 왼쪽 옆구리에서는 피가 솟아 나오고 있었다.

그러나 강우신은 말짱했다.

"대체 어떻게?"

"조선은 당파로 망한 나라야. 그걸 지켜보면서 테라의 조상들이 무슨 생각을 했을까?"

"……."

"가까이 두되 카드 한 장은 늘 남겨 두자. 그랬던 거지."

전 과장은 이죽거리는 강우신을 바라봤다.

'어떻게 여기까지 왔는데…….'

실패했다는 생각이 들었지만 그걸 용인하고 싶지 않았다.

그렇다고 빠져나갈 구멍도 보이지 않았다.

밖에서 들여다보고 있는 보안요원들은 빨리 끝나기를 바라는지 쉴 새 없이 안을 살핀다.

이제 자신의 부하들은 아니란 뜻이었다.

강우신도 예전에 알고 지내던 강우신이 아니었다.

"우리 아버지가 우연히 성산에 있었던 게 아니야. 그리고 내가 우연히 옥스퍼드에서 회장님을 만난 것도 아니고……."

"넌… 그게 좋아?"

전 과장이 물었다.

테라의 그늘 아래서 살아가는 것이 좋으냐는 뜻이었다.

그러자 강우신이 대답했다.

"싫으면 지금부터 시작하면 되지."

"그 말은 우리 모두를 잡아먹고 테라도 먹겠단 소리인가?"

"좋으실 대로 생각해."
"난 죽어."
전 과장이 말했다.
상처가 생각보다 깊었다.
배어 나오던 핏물의 양은 점점 많아지고 있었다.
낫처럼 생긴 기형 나이프가 신장을 찢은 것도 모자라 창자를 잘라 버렸다.
"당연하지."
"그런데도 말을 못해 줘?"
정말 의도가 무엇이냐고 묻는 것이다.
강우신이 대답했다.
"너흰 그게 문제야. 회장님을 너무 과소평가하거든. 근데 그 친구를 잘 알게 되면 딴생각 못해."
"왜? 이진이 신이라도 되나?"
"거의 비슷하지. 내일 무슨 일이 일어날지를 다 알거든. 그래서 난 포기했어."
"그럼 그때가……."
"맞아. 내가 이혼하면서 여기로 올 때야."
전 과장이 고개를 끄덕였다.
강우신 역시 반란이라면 반란을 꿈꾼 적이 있었다는 말이었다.
그러나 이진을 대하면서 달라졌다는 말.

그것은 사실이었다.

사실 강우신의 입장에서 볼 때, 전씨 가문이나 오씨 가문은 걸림돌이었다.

비밀리에 키운 세력의 주체인 강우신을 위협할 수 있었으니까.

그러나 그것보다 중요한 것은 이진이었다.

옥스퍼드에서 헤어진 후 다시 만났을 때, 이진은 아주 다른 사람이 되어 있었다.

금융 위기 속에서 일어날 모든 일들을 마치 머릿속에 든 것처럼 그려 내고 대응했다.

옥스퍼드에서도 천재로 불릴 정도로 대단한 두뇌를 가지고 있다는 것은 알았지만, 다시 만났을 때는 도저히 넘어설 수 없는 벽이었다.

게다가 전에는 없던 처세술까지 지니고 있었다.

슈퍼컴퓨터 두뇌를 가진 능구렁이 같았다.

"후회하지 않을까? 지금이라도 힘을 합치면 테라는 우리 것이 될 수 있어."

"내 것이 아니야. 너희는 남은 10개의 테라 계좌에 뭐가 들어 있는지 모르지?"

"……."

그걸 아는 사람은 없다.

그런데 강우신은 마치 아는 것처럼 말한다.

"모르긴 몰라도 아마 그건 네트워크일 거야."
"네트워크?"
"맞아. 더는 나도 잘 몰라. 시간 됐어."
강우신이 마침표를 찍었다.
그러자 체념한 전 과장이 나이프를 쥔 손에 힘을 줬다.
'선택이 이것 하나라면 최선을 다하는 수밖에.'
그런 전 과장의 마음을 강우신은 읽고 있었다.
"이미 늦었어."
슈욱.
강우신의 나이프가 이번에는 전 과장의 목젖을 스치고 지나갔다.

"한데 회장님!"
"예."
스탠퍼드 대학병원 VIP 병동 침대에 앉아 있던 이진에게 마이크가 물었다.
"미스터 강은 믿을 수 있는 겁니까?"
"지금은 그렇죠."
이진은 담담하게 대답했다.
"그 말씀은 전에는 아니었다는 말씀이십니까?"

모든 길은 테라로 통한다 • 187

"그렇죠."

"어째서 그렇습니까?"

"아마 그 형이 계속 테라에 남아 있길 원했다면 같은 배신자였을 겁니다. 한데 떠났죠. 모든 걸 포기하고 말이에요."

"욕심이 없어져서란 뜻이신가요?"

마이크가 의자에서 육중한 몸을 일으키며 다시 물었다.

"그냥 그렇게 알아 두면 돼요."

이진의 대답에 씽긋 웃는 마이크.

커피 메이커로 가 이진이 즐겨 마시는 커피를 내렸다.

그리고 잔에 담아 머리맡으로 가지고 와 내려놓더니 다시 묻는다.

이진은 그 순간 저런 육중한 몸을 가지고 어떻게 그렇게 날렵하게 움직일 수 있는지가 궁금해졌다.

마이크의 몸무게는 적어도 130킬로그램 이상일 것이다.

그런 무게를 가지고서도 마이크는 둔하지 않다.

아니, 오히려 날렵하다.

뚱뚱하고 덩치 큰 사람들은 둔하다는 선입견을 깨고도 남을 정도로…….

"어려서 복싱 선수 되고 싶었다면서요?"

"예? 아, 예."

"한데 왜 그만뒀어요?"

이진이 묻자 마이크가 창 쪽으로 다가갔다.
그리고 커튼을 닫았다.
어차피 병실 유리창은 밖에서는 보이지 않는다.
그럼에도 창을 가리는 것이다.
그러고는 자기 병상에 엉덩이를 걸친다.
출렁.
병원 침대가 버텨 주는 것이 용하다.
"뭘 기다리는 거예요?"
그때 이진이 다시 물었다.
마이크가 허리를 굽힌 채 두 손을 모으고 있다가 고개를 들었다.
"알면서 묻는 건 아니시죠?"
"뭘요?"
"다른 놈들을 회장님이 처리해 주길 기다리는 거죠."
"하하하! 이제 막 나오시네. 한데 어떻게 눈치챘어요?"
"내가 복싱 한 건 아무도 모르는 사실이라……. 돌아가신 이유 회장님도 모르시는 일이거든요."
"과연 그랬을까요?"
"그럼 알고도 받았단 뜻인가?"
마이크가 벌떡 자리에서 일어났다.
그리고 수건 한 장을 들어 팽팽하게 당기더니 비틀기 시작했다.

"당연하죠. 할아버지가 그걸 모르실 리 없거든요. 그리고 난 태어나기도 전에 알았어요."

"그건 무슨 뜻이에요?"

"설명해 줘도 모를걸요?"

"그럼 할 수 없죠."

양손으로 비튼 수건을 잡은 마이크가 씨익 웃었다.

밤에 LA 거리에서 만났다면 오늘 나 죽는구나 싶을 정도로 섬뜩했다.

그런데도 이진은 웃으며 침대 아래로 다리 하나를 걸쳤다.

"편하게 갈 수 있는데… 반항하면 힘들어요."

마이크의 말에 이진은 베개를 슬쩍 들어 올렸다.

그리고 그 안에서 나이프 하나를 꺼내 들었다.

"날 완전히 물로 봤네."

"그걸로 뭘 어쩌시게?"

마이크가 피식 웃으며 말했다.

그러자 이진은 머리를 흔들었다.

"테라에서 그렇게 오래 지냈으면서도 아는 게 없네. 아는 게 없으면 나대질 말든가……."

이진이 중얼거리더니 나이프를 든 채 병실 바닥에 내려섰다.

"허 참! 어이가 없네."

"내가 할 소리. 아무리 체구가 커도 칼은 들어가거든."

"칼은 맞아 봤고?"

"심지어 죽어도 봤어."

이진이 손가락을 까닥거리며 마이크를 불렀다.

마이크는 수건을 밧줄처럼 말더니 곧바로 이진에게 달려들었다.

그 순간 이진의 동작이 빨라졌다.

손에 쥔 나이프가 허벅지를 스치고 지나갔다.

원래는 복부를 스쳐야 했지만 워낙에 마이크가 큰 탓이었다.

"이 새끼가?"

날에 피부가 갈라져 피가 나오는데도 마이크의 몸놀림은 전혀 느려지지 않았다.

우당탕 쾅쾅.

이진이 침대를 넘어 피하자 마이크가 아예 침대를 들어 던져 버렸다.

간신히 피한 이진이 입을 열었다.

"어머나, 깜짝이야. 시발!"

"Fuck!"

"이제야 본성 나오네."

"으와악!"

"곰이 따로 없네."

괴성을 지르며 달려드는 마이크.

그러나 이진은 절묘하게 마이크를 피해 다시 나이프로

허벅지를 그어 버렸다.

 몇 번이 반복되자 마이크의 동작이 눈에 띄게 느려졌다.

 "이제 보니 다 알고 무기를 들이지 못하게 한 거로군."

 "이제야 눈치를 챘네."

 병실 안으로는 누구도 무기를 들이지 못하도록 했다.

 그 지시를 내렸을 때 마이크는 당연히 물었다.

 그럼 자신도 총을 가지고 들어오지 말아야 하냐고?

 이진은 그렇다고 대답했다.

 그러자 마이크는 잠시 침묵했다.

 그때 이진이 말했다.

 혼자 나 하나도 지키지 못하느냐고 말이다.

 이제 보니 그게 격장지계였던 것이다.

 슥.

 털썩.

 다시 나이프가 스치고 지나가자 마이크가 무릎을 바닥에 대 육중한 몸을 받쳤다.

 "피를 한 30퍼센트 정도 흘린 거야. 여기서 더 가면 과다 출혈로 죽어."

 이진의 말에 마이크가 고개를 간신히 들었다.

 "죽일 기회는 정말 많았는데……."

 "그랬겠지. 그런데 그랬으면 아마 전 과장한테 죽었을걸?"

 마이크는 기다렸다.

모든 정적들을 이진이 처리해 주기를 말이다.

마이크의 아버지는 이진의 아버지 이훈과 함께 죽었다.

정확히 말하자면 비행기 추락 사고는 마이크의 아버지가 기획한 일이었다.

"그래도 그랬어야 하는데……."

"그랬다면 아마 부자지간을 부자지간이 연달아 죽인 걸로 기네스북에 올랐을지도 모르는데."

이진이 놀려 댔다.

"알고 있었단 말이야? 대체 어떻게……."

"내 말이……. 그건 아이들에게 물어봐야지."

이진이 어이없는 소리를 했다.

그러나 이미 마이크의 턱은 아래로 흘러내렸다.

간신히 한마디가 흘러나온다.

"그… 래… 도, 혼자는 안 가."

마이크의 움직임이 멈췄다.

바닥에는 피비린내가 진동을 했다.

이진은 눈살을 찌푸리더니 이미 죽은 마이크를 향해 말했다.

"이미 혼자 간걸?"

웨스트버지니아의 안가는 홀라당 불에 타 버렸다.

화마가 건물을 삼켜 버렸는데도 보안요원들 일부가 떠나지 않고 있었다.

위성 카메라로 주변을 에워싼 보안요원들이 보였다.

문소영이 남겨 두고 간 것이다.

다행히 이령의 말처럼 비밀 공간은 불에 전혀 영향을 받지 않았다.

3일이 지나자 고스톱도 더 이상 하지 않게 되었다.

하루가 지난 후부터는 이령의 독주가 시작되었다.

그러자 이번에는 데보라 킴이 나가떨어졌다.

다시 저녁이 되었다.

모니터에는 문소영이 남기고 떠난 보안요원들이 남아 있을 뿐이었다.

밤 10시쯤 되자 모두 잠자리에 들었다.

그리고 안나가 먼저 모니터 앞에 앉았다.

매일 교대로 3시간씩 돌아가며 감시를 하고 있었다.

그렇게 2시간이 지난 자정.

갑자기 보안요원들이 무기를 들고 일어서기 시작했다.

"언니! 이것 봐요."

안나가 먼저 데보라 킴을 깨웠다.

그러자 메리 앤도 얼른 자리에서 일어났다.

"다가오고 있는 놈들은 누구야?"

"우리 편 아닐까?"

"당연히 우리 편이겠지."

타당. 탕탕탕.

총성이 들려왔다. 교전이 시작된 것이다.

메리 앤이 얼른 아이들을 깨웠다.

"얘들아, 일어나."

"왜?"

"아빠가 사람을 보낸 모양이야. 나갈 준비하자."

모두의 얼굴에 희망이 가득했다.

그러나 아이들 셋은 단잠을 깨서인지 눈을 비비며 짜증스러운 표정을 지었다.

탕탕.

탕탕탕.

총소리가 이어지면 문소영이 남겨 둔 보안요원들이 하나둘씩 바닥에 쓰러졌다.

그제야 메리 앤과 안나, 그리고 데보라 킴은 마주 보며 안도의 웃음을 지을 수 있었다.

그때 이령이 말했다.

"엄마! 우리 갈 시간이야."

"그래. 이제 나갈 수 있어."

"그게 아니고… 얼른 도망가야 해."

딸 이령의 말에 메리 앤이 머리를 확 돌렸다.

"그게 무슨 말이야?"

"우리 편 아니야."

"네가 그걸 어떻게 알아?"

메리 앤은 반신반의하면서 걱정스러운 눈빛으로 물어야 했다.

"아빠가 모두 말했어. 모스 부호도 휩소라고……."

"뭐라고?"

"누가 왔다면 우리를 죽이러 온 거야."

섬뜩한 이령의 말에 모두는 사색이 되었다.

"그게 정말이야?"

"응. 새로 오는 사람들은 우리가 여기 있는지 알아."

"뭐라고?"

웬만하면 놀라지 않는 데보라 킴과 안나도 너무 놀라 표정이 달라졌다.

"걱정 마. 이제 나갈 시간이야."

이령은 폴딱 일어나더니 왼쪽 사이드 벽면 모서리로 향했다.

그리고 무언가를 발견한 사람처럼 간격을 두고 벽면을 터치했다.

그러자 놀랍게도 벽이 갈라지면서 통로가 나타났다.

"어어어? 너 이거 어떻게 된 거야?"

"아빠가 가르쳐 줬어."

기가 막힐 노릇이었다.

통로는 하나밖에 없는 줄 알았는데…….

모두가 멍해지고 나자 메리 앤이 이를 갈았다.

"내가 이 인간 어디 만나기만 해 봐. 어떻게 어린애한테 그런 중요한 걸…….."

"그러게? 아무리 내 아들이긴 하지만……."

데보라 킴의 말에 메리 앤이 도끼눈을 치켜떴다.

시어머니는 얼른 눈을 내리깔았다.

다섯은 재빨리 비밀 통로로 들어갔다.

"얼마나 돼?"

"1.875킬로미터."

"그럼 산 아래네?"

"응. 산 아래 주유소와 연결돼."

"언제 이런 걸 팠대? 두더지야?"

둘째 이요가 엉뚱한 소리를 했다.

"원래 예전부터 있었던 거야. 구소련 때 혹시나 싶어서 비밀리에 만드셨대."

"누가?"

"증조할아버지가요."

증조부 이유가 살아 있을 때는 그저 할아버지라고 불렀던 아이들.
 그런데 이제는 자라서인지 증조부라고 부른다.
 이 상황에서도 그래서인지 메리 앤은 눈물이 나왔다.
 터널은 비교적 평탄한 하향 곡선을 그리고 있었다.
 한참을 걷고 나자 입구가 나왔다.
 진동이 느껴지는 것으로 봐서 위로 도로가 있는 것이 분명했다.
 "여기서 나가면 누굴 불러야 하지 않을까요?"
 메리 앤이 걱정스러운 눈빛으로 데보라 킴에게 물었다.
 "그건 걱정 마라. 웨스트버지니아 묘소 관리는 원래부터 미국인들이 맡았잖아."
 "그러네요."
 데보라 킴의 설명은 떨떠름했다.
 언제나 함께, 언제나 같은 편일 줄 알았던 사람들의 배신은 지금 웨스트버지니아 묘소 관리 회사 사람들마저 의심하도록 만드는 것이다.
 문이 나와 열자 계단이 나타났다.
 밖으로 나가자 기다리는 사람이 있었다.
 가족들은 움찔했다.
 "어서 오십시오."
 "넌 인철이 아니니?"

중년의 남자를 보고 안나가 놀라며 물었다.
"예, 누님! 오랜만입니다."
"네가 여긴 어떻게……?"
안나는 놀랍기도 하고 떨떠름하기도 했다.
테라에서 살게 된 후 매몰차게 내쫓았던 동생이었다.
한영의 송인규 회장은 필요에 의해서 지원을 했지만, 동생들까지 지원해 달라고 말할 면목이 없었다.
그럼에도 동생들은 끊임없이 달려들었었다.
그래서 매몰차다시피 밀어내 어디서 무얼 하면서 사는지도 몰랐다.
그런데 여기서 만날 줄이야…….
"어떻게 된 거니?"
"어르신께서 저희를 다시 거두어 주셨습니다."
"큰 회장님께서?"
"예. 일단 나가시죠."
할아버지 이유가 자신의 부족한 가족들까지 몰래 챙겼다는 말을 듣자 안나는 눈물을 펑펑 쏟았다.
밖은 말 그대로 주유소 겸 식당이 딸린 건물이었다.
2층으로 가자 아늑한 실내가 드러났다.
"여기서 일단 대기하라고 하셨습니다. 곧 스탠퍼드 대학병원으로 가시게 될 겁니다. 저기, 그리고……."
송인철이 메리 앤을 지그시 바라봤다.

"저요?"

"예, 사모님!"

"사모님은요. 어른이신데……."

"만나 보실 분이 있습니다."

송인철의 말에 메리 앤은 잠시 의아해했지만 그를 따라 밖으로 나갔다.

1층으로 내려가자 생각보다 번잡했다.

오가는 사람들이 많았다.

송인철은 메리 앤을 건물 뒤편으로 안내했다.

송인철이 생수병 하나를 내밀었다.

메리 앤이 아무 말 없이 받아 들자 창고 같은 건물의 셔터가 올라갔다.

송인철이 고개를 끄덕였다.

안으로 들어가자 셔터가 닫히더니 불이 켜졌다.

밝아지자 누군가가 시야에 들어왔다.

의자에 묶인 채 앉아 있는 여자.

입에는 재갈이 물렸다.

"고작 여기까지 왔네?"

"으으……."

문소영이었다.

전 과장을 보내고 나중에 내려오다가 이곳에서 잡힌 모양이었다.

꽤나 오랜 시간 동안 이곳에 묶여 있었던 것으로 보였다.

메리 앤은 재갈을 풀고는 송인철이 들려 준 생수병을 입에 가져다 댔다.

조금씩 핥는가 싶더니 입을 들이민다.

그러자 메리 앤은 생수병을 재빨리 회수했다.

곧 문소영의 눈이 떠졌다.

"회… 회장님……!"

"그 입에서 날 부르는 소리를 다시 들을 줄은 몰랐네요."

메리 앤은 냉랭했다.

고양이 앞에 생선을 맡긴 격이었다.

지금도 그 생각만 하면 소름이 돋는다.

아이들이 문소영에게 맡겨져 있던 시간이 얼마인가?

그사이 뱀 같은 마음을 품고 있었을 것을 생각하면 무슨 짓을 해도 모자랄 것 같았다.

"물… 좀…….."

문소영이 다시 입을 열었다.

메리 앤은 우두커니 바라보더니 곧바로 셔터를 두드렸다.

셔터가 열리자 송인철이 보인다.

"여기 물하고 음식 좀 주세요. 갈아입을 옷도요. 오줌 냄새가 진동하네."

"예. 바로 준비하지요. 그리고 샤워실은 커튼 뒤에 있습니다. 옷도 준비되어 있습니다."

셔터가 다시 닫혔다.

메리 앤은 뒤로 다가가 문소영을 묶은 밧줄을 풀고 손목을 감은 나일론 끈도 풀어냈다.

"먹고, 씻고, 옷 갈아입고 이야기하지."

메리 앤이 멀찍감치 물러났다.

그러자 비틀거리며 일어난 문소영이 음식을 손으로 퍼먹기 시작했다.

메리 앤은 셔터 앞에 의자를 놓고 앉아 그냥 지켜보기만 했다.

한참 음식을 먹은 문소영이 커튼 뒤로 갔다.

곧이어 샤워기 물소리가 들려왔다.

대략 30분.

메리 앤은 미동도 하지 않은 채 기다렸다.

마침내 문소영이 나왔다.

방금 전과는 아주 다른 모습이었다.

얼굴에 피곤한 기색이 역력한 것을 빼고는 전과 다르지 않았다.

뒷짐을 지고 걷더니 묶여 있던 의자에 앉는다.

"대체 왜 그런 거예요?"

"원래부터 그런 거예요."

"원래부터?"

"이진이 알려 주지 않은 모양이네요. 지금쯤이면 다 알

텐데?"

메리 앤이 문소영을 노려보더니 다시 입을 열었다.

"전씨 가문도, 오씨 가문도, 문씨 가문도 다 역적모의한 거예요?"

"솔직히 말해 역적은 아니죠. 테라가 무슨 왕족도 아니고……."

"……."

"그리고 오씨 가문도 아니에요. 우리 문씨는 이미 오래전에 없어졌으니 우리도 아닌 거죠."

"그럼 전 노인이?"

"그래요. 절 데려다가 그 옛날 왕자를 따라 조선을 떠난 문씨가 되라나 뭐라나?"

"잘도 꾸며 댔네. 그럼 오 집사장 일은?"

"회유를 했는데 잘 안 되더라고요. 그래서 죽은 거예요."

"그럼 우리가 알고 있는 사실은 사실이 아니겠네요?"

"가족을 위협하니까 테라 정보를 빼낸 것은 사실이지만, 중요한 것은 감추더라고요. 그래서 죽은 거죠."

문소영은 잘도 이죽거렸다.

"혹시 전 과장 소식 아세요?"

"전 과장 원래 이름은 뭐예요?"

문소영의 질문에 메리 앤이 되물었다.

"호호호! 누구나 그걸 궁금해하더라고요. 원래 이름이 과장이에요."

"정말? 서프라이즈!"

"지금 그렇게 웃을 때는 아닐 텐데……. 나 문소영이거든요?"

메리 앤이 웃자 문소영이 말했다.

그리고 뒤로 감추고 있던 손을 앞으로 슬쩍 내밀었다.

손에는 샤워기 호스가 들려 있었다.

"샤워를 하랬더니 왜 수리를 했대요?"

"호호! 이거 하나면 잘 훈련받은 몇 놈도 문제없어요. 근데 네깟 년쯤이야……."

문소영이 샤워기 호스를 양손으로 팽팽하게 당기며 일어섰다.

그런 문소영을 메리 앤은 담담하게 바라보다가 입을 열었다.

"고마워요."

"그래야지. 빨리 보내 줄게."

문소영은 메리 앤과 버튼을 번갈아 바라봤다.

버튼을 누르려 하면 곧바로 샤워기 호스가 날아올 것이 뻔했다.

"내 말이……. 사실 난 다 알게 되고도 내가 소영 씨를 어떻게 할 수 있을까 걱정했었거든……."

"그게 무슨 말이야?"

"너희가 회장님이나 날 껌으로 봤단 말이지. 전 과장이

나 넌 우리 상대가 아니거든."

메리 앤이 벌떡 자리에서 일어났다.

문소영보다 10센티미터는 더 크다.

그런 그녀의 손에는 역시 칼리 나이프가 들려 있었다.

"오호! 정말?"

"그럼. 아마 전 과장도 회장님 손에 죽었을걸?"

"그럼······."

휘익.

순간 문소영이 샤워기 호스를 휘둘렀다.

메리 앤은 몸을 빙글 돌리며 자세를 낮추더니 좌측으로 피했다.

그러나 그냥 피한 것이 아니었다.

샤워기 호스가 반으로 잘려 나간 것이다.

"쬐끄만 게 느리기까지 하네."

"······."

"내가 마음이 약해서 용서를 빌었으면 살려 줬을지도 몰라. 넌 차라리 그걸 선택했어야 했어."

"이익!"

픽.

문소영이 둘로 나뉜 호스를 휘두르며 달려들다 메리 앤의 긴 발에 차여 나가떨어졌다.

순간 메리 앤은 그대로 달려가 문소영의 목에 나이프를

들이댔다.

추르르륵.

그때 셔터 문이 열렸다.

"회장님!"

"놔둬요."

"회장님! 물러나시죠. 손에 피를 묻히지 못하게 하라는 지시가 있었습니다."

이진이 시켰다는 말이었다.

한참 동안 문소영의 눈동자를 들여다보던 메리 앤이 천천히 나이프를 목에서 뗐다.

그리고 문소영에게 말했다.

"널 정말 좋아했어. 아이들도 널 정말 따랐고. 네가 배신만 하지 않았다면 넌 뭐든 가질 수 있었을 거야."

메리 앤은 그 말을 마지막으로 셔터 밖으로 나갔다.

"나쁜 놈! 나쁜 놈! 정말 나쁜 놈이야. 흐흐흑!"

메리 앤은 이진을 보자마자 마구 가슴을 두드려 팼다.

누가 봐도 아플 정도였다.

그러나 이진은 미소를 지으며 메리 앤을 안았다.

아이들이 달려와 아빠와 엄마 품에 엉겨 붙었다.

스탠퍼드 대학병원에 가족들이 모두 모인 것은 사건이 일어나고 나서 보름이 더 지난 후였다.

"에고! 막장 드라마가 따로 없다. 이제야 마음이 놓인다."

"어머니, 고생 많으셨어요."

"누가 아니라니? 진흙탕도 이런 진흙탕이 없다. 그럼 이제 어떻게 되는 거니?"

"그래요, 회장님! 이제 어떻게 되는 거예요?"

데보라 킴에 이어 안나도 털썩 주저앉으며 물었다.

"이제 모든 길이 테라로 통하게 된 거죠."

"그럼 이제 우리 테라를 노리는 사람은 없단 뜻이야?"

메리 앤이 이진에게서 떨어지며 물었다.

"그럴 리가……."

이진의 대답에 모두 실망한다.

"언젠가는 또 생기겠지. 하지만 그건 다음 세대에서나 가능할 거야."

"진즉에 그렇게 말하지. 가슴이 다 철렁했네."

데보라 킴과 안나는 가슴을 쓸어내렸다.

메리 앤은 마치 탈진한 사람처럼 주저앉았다.

숨 가쁘게 돌아간 보름이었다.

여전히 매스컴에서는 이진이 깨어나지 못하고 있다고 떠들어 대고 있었다.

"아빠! 그럼 이제 집에 가는 거야?"

"가도 되지. 한데 아빠는 조금 더 있어야겠는데?"

"왜?"

"여기서 좀 해야 할 일이 있거든. 자, 우리 삼둥이, 어디 아빠가 한번 안아 볼까?"

이진은 아이 셋을 모두 품에 안아 들었다.

이제야 마음이 놓인다.

'너희는 아무 걱정 없이 하고 싶은 걸 하면서 살아라. 더럽고 지독한 일은 이 아빠가 다 짊어질게.'

이진은 마음속으로 그렇게 말했다.

가족들은 스탠퍼드 대학병원에서 하루를 보냈다.

그리고 다음 날.

이진을 제외한 나머지 가족들은 모두 한국으로 향했다.

테라 회장 이진이 기적적으로 살아났다는 뉴스가 나온 것은 사고가 발생하고 두 달 후였다.

모두가 기적이라고 말했다.

그리고 테라의 경영자가 안전하다는 소식에 주가는 급등하기 시작했다.

그러나 그때는 이미 이진이 원하는 회사의 지분을 시장에서 싼값에 충분히 확보한 후였다.

이진은 뉴욕의 테라 건물 회의실에 앉아 있었다.

예전 할아버지 밑에서 뉴욕 투자 은행을 운영하던 몇몇 원로들.

그리고 와타나베 다카기, 블라이스를 제외하면 거의 대부분이 새 얼굴이었다.

핵심인 테라의 금융 파트를 책임질 임원들이 한자리에 모인 것이다.

와타나베 다카기가 이진의 귀에 입을 들이대며 속삭였다.

"잡혔답니다."

"그래요?"

"어떻게 할까요?"

"어디 한적한 절에 잘 모시라고 하세요. 무슨 말이라도 해요?"

"아닙니다. 아무 말도 없고 그냥 두문불출이랍니다."

"그대로 두세요. 풀어 주지는 말고."

와타나베 다카기가 물러났.

그러자 이진이 좌중을 바라보며 입을 열었다.

"…아시다시피 현대 사회는 자본이 모든 것을 통제합니다. 결국 새로운 기술이란 것도 자본이 없다면 뻗어 나가기 어렵지요."

이진이 모두 발언을 하고 있었다.

"그래서 테라 페이를 만든 겁니다. 테라 페이는 이제 그냥 가상 전자 화폐에서 벗어나 기축통화로 자리매김할 겁니다."

짝짝짝.

이진의 말에 박수가 터져 나왔다.

"모든 자본은 테라로 들어와 다시 나가고, 다시 테라로 돌아올 것입니다."

임원들은 제자리에서 모두 일어났다.

이진의 말은 기축통화인 달러나 제2의 기축통화를 꿈꾸는 위안화를 충분히 누를 수 있다는 자신감의 표현이었다.

"이제 길은 테라로 통하게 될 겁니다."

재벌집 망나니
7대 독자

 영국의 유럽 연합(EU) 탈퇴가 결정된 2016년 6월 24일. 이진이 인천공항에 도착했다.

 3월 31일 재킬 아일랜드가 지도에서 사라진 후 근 석 달이 지난 후였다.

 사실 재킬 아일랜드에서 죽은 사람들의 면면은 그다지 자세히 알려지지 않았다.

 그리고 관심을 받지도 못했다.

 모두 재계의 언더커버들로, 이진을 제외하면 일반에 크게 알려지지 않은 인물들이 많았기 때문이었다.

 단연 이진의 생사가 매스컴의 지대한 관심사였고, 이진은 살아남았다.

뉴욕에서 예정되었던 대로 SEE YOU 관련 회사들의 주식을 사들이던 이진은 영국의 국민 투표가 유럽 연합 탈퇴를 결정하자 다시 주식을 더 사들였다.

그리고 그동안 이어 왔던 일본에 대한 금수 조치를 해제했다.

엔화를 확보하기 위한 조치였다.

이진이 금수 조치를 해제하자 엔화가 봇물처럼 테라로 쏟아져 들어왔다.

이진은 예전 19개였던 비밀 계좌 중 9개를 풀었는데, 그걸 전부 다시 복구해 놓은 후 하나의 계좌를 추가했다.

바로 테라 페이 계좌였다.

성북동에 도착하자 강우신이 기다리고 있었다.

"고생했어, 형!"

"무슨 말씀을……. 고생은 회장님이 하셨지요."

둘이 만나고 있는데도 강우신은 예전처럼 반말을 하지 않았다.

"새삼스럽게……."

"새삼스러워도 적응하셔야지요."

"형은 어때?"

"궁금하지만 욕심을 접었습니다."

"그래도 궁금하지 않아?"

이진은 다시 물었다.

강우신은 이진이 어떻게 그렇게 할 수 있었는지 궁금할 것이 분명했다.

재킬 아일랜드에서는 아무것도 발견되지 않았다.

미국 정부가 총력을 기울여 조사에 나섰다.

모든 가용 자원과 가능성을 염두에 둔 특별 조사였다.

오바마의 지시에 의한 것이었다.

그러나 건진 것은 없었다.

그저 자연적인 폭발 정도로 추정될 뿐이었다.

반물질 폭탄의 경우 폭발이 일어난 직후 공기 중에서 입자를 수집해 분석해야 하는데 그게 늦었다.

바람이 거세게 불며 모든 것을 안고 가 버린 것이다.

"회장님! 그나저나 한국 국회의원 선거에서 민주번영당이 53석을 확보했습니다."

"잘했네."

민주번영당은 전칠삼의 세력이나 마찬가지다.

그걸 몰랐을 때는 지원을 아끼지 않았지만 지금은 사정이 달라졌다.

이진은 스탠퍼드 대학병원에서 많은 구상을 했다.

그리고 인류를, 세계를 무엇이 바꿀 수 있는지 고민해야 했다.

그 결과를 얻었다.

인류를 바꿀 수 있는 것은 종교도, 정치도, 문화도 아니다.

정말 인류를 바꿀 수 있는 것은 과학 기술이다.

이런 의견을 세상에 피력한다면 당장 거센 반발에 직면할 것이다.

하지만 정말 과학 기술은 정치나 종교, 혹은 문화도 바꿀 수 있다.

인류 역사상 구석기 시대부터 시작해 중요한 이정표를 찍은 것은 모두 기술의 발전 덕분이었다.

청동기를 거쳐 철기로.

철을 만든 세력은 가장 강력해졌다.

인류가 지구를 지배하게 된 것이다.

근대에 들어서도 마찬가지다.

증기기관을 만들면서 영국은 해가 지지 않는 나라가 되었다.

그리고 산업 혁명을 이끌었다.

좁은 틀에서 볼 때는 근대의 과학 발전에 지나지 않겠지만, 전체적으로 봤을 때는 세상을 바꾼 것이었다.

그리고 그 속도가 점점 빨라져 지금에 와 있었다.

"6G 시스템을 이용해 개인을 인증하고 투표에서 개표, 그리고 결과까지 실시간으로 바로 알 수 있는 전자 시스템을 도입하려고 해."

강우신이 말이 없자 이진이 갑작스러운 말을 꺼냈다.

"그 정도는 가능하지요. 근데 한국 정치권에서 그걸 수용할까요?"

"당연히 수용 안 하겠지. 먼저 에티오피아에서 하지, 뭐."

"에티오피아 정치권도 수용하려고 하지 않을 텐데요? 민주번영당에 먼저 제안하고 국회에서 논의하도록 하면 어떨까요?"

듣고 있는 이진은 좀 불편했다.

의견이 아니라 강우신의 존댓말이 말이다.

그러나 그것도 시간이 지나면 익숙해질 것이란 생각이 들었다.

"수용하도록 만들어야지. 에티오피아 국민들이건 한국 국민들이건 그게 가능하다고 하면 아마 바로 수용하자고 할걸?"

"그렇긴 한데……."

"주요 정치적 쟁점에 대해 단 몇 분 만에 완벽한 여론 조사를 마칠 수 있다고 하면?"

"국민들이 그 여론 조사에 참여할까요?"

"페이를 주면 되지. 이벤트도 하고. 먼저 비정치적 사안부터 시작하자고. 그럼 국민들이 알아서 우리 시스템을 이용하자고 나서지 않을까?"

"굿 아이디어입니다. 먼저는 정치적이지 않은 문제부터 시작하면 되겠네요."

"연예계부터 한번 해 봐. 올해 연말 시상식 투표를 우리 시스템으로 진행하고 참여자에게 경품도 주고 하는 식으로."

"굿! 써!"

이진의 말에 강우신이 미소를 지으며 일어났다.

이진은 나갈 차비를 했다.

"어디 가요?"

"응. 다녀올 곳이 있어서……."

"그럼 조심해서 다녀와요."

메리 앤은 이진이 어딜 가는지는 묻지 않았다.

그리고 이진도 대답하지 않았다.

그다지 좋은 곳은 아니었다.

강원도 평창 진부에 위치한 선원사란 절이었다.

본격적으로 여름에 접어들어 날씨가 더웠지만, 선원사 인근에 도착하자 산바람이 솔솔 불어 더운 줄도 몰랐다.

작은 규모의 선원사 입구 주차장에는 어울리지 않게 양복을 입은 사내들이 10여 명이나 있었다.

와타나베 다카기가 기다리고 있다가 이진을 맞았다.

"어서 오십시오, 회장님!"

"어르신은 어때요?"

"두 분이 바둑이나 두면서 지낸다고 합니다. 가끔 국회의원들이 드나들고요."

"……."

이진은 말없이 고개를 끄덕인 후 걸음을 옮겼다.

경내에 들어서자 대웅전 좌측의 선방에서 웃음소리가 섞인 대화가 들려왔다.

전칠삼과 오시영의 웃음소리였다.

그런데 그 가운데 여자 목소리가 끼어 있었다.

이진에게 익숙한 여자 웃음소리였다.

"뭐가 그렇게 재미있으십니까?"

이진이 열린 문을 향해 말문을 열었다.

"허허허! 이 영감이 바둑만 두면 억지를 부리는지라……."

"내가 아니라 네놈이지?"

"어서 와라."

오시영의 말에 전칠삼이 대꾸했다.

모두들 아무 일도 없었던 것처럼 이진을 대했다.

그리고 어머니 데보라 킴이 있었다.

"드시지요, 전하!"

바둑판을 치우며 전칠삼이 방석을 내놨다.

이진은 말없이 들어가 앉았다.

"글쎄, 바둑을 두는데 대비마마께서 자꾸 저 인간 편을 드시지 뭡니까?"

"아직도 전하이고 대비입니까?"

이진이 웃으며 슬쩍 물었다.

"우리 대까지는 전하로 모셔야지요. 그래야 지난 2백여 년이 서럽진 않을 겝니다."

"편하실 대로 하시죠."

전칠삼의 말에 이진은 담담하게 대꾸했다.

그러고는 다른 말을 꺼냈다.

"어머니는……."

이 자리에서만큼은 어머니 데보라 킴이 껄끄러웠다.

지금쯤 뉴욕에 있어야 하는데 여기 계신 것이다.

"전화 안 하고 와서 미안해. 바로 일만 보고 돌아가려고 했어."

"그러셨어요?"

"그 참에 두 분도 좀 뵙고."

이진은 고개를 끄덕였다.

그러면서도 마음이 초조해졌다.

이진이 이곳에 온 것은 전칠삼에 대한 처분을 결정하기 위해서였다.

한데 어머니께서 계시니 여의치가 않을 것이 분명했다.

이진은 일단 화제를 다른 것으로 돌려야 했다.

"한데 의원들은……."

민주번영당 국회의원들은 이번 사태를 정확히 모르고 있었다.

모두 전칠삼의 휘하인데 이진을 대하는 태도가 전과 같았다.

전칠삼은 그들을 이번 일에 끌어들이지도 않았고, 이용하지도 않았다.

"그저 전하께 드리는 작은 선물이라 여기시지요."

"고맙습니다."

전칠삼의 말은 민주번영당을 테라에 주겠다는 말이나 다름없었다.

이진은 그냥 고맙다고만 했다.

전칠삼이 힐끗 오시영을 바라보더니 입을 열었다.

"자식 놈들이야 욕심 때문이었을 겁니다. 하나 우리 노인네들은 욕심 때문은 아닙니다."

"……."

이진은 전칠삼의 넋두리를 가만히 들었다.

"다만 이해할 수 없었을 뿐입니다. 이만큼 힘을 가지셨으면 나라를 찾으셔야지요. 그게 2백여 년 동안 우리 조상들이 꿈꾸던 일이었습니다."

"……."

이진은 입도 벙긋하지 않았다.

"그걸 아이들이 곡해한 모양입니다. 그래서 불충한 짓을 저질렀고요. 저도 그랬습니다."

"그랬군요."

어머니는 아무 말씀도 없다.

이진은 담담하게 대답했다.

전칠삼이 자식들까지 다 통제하지 못한 것이 분명했다.

전칠삼은 테라를 자신의 것으로 만드는 데는 관심이 없었던 것도 분명했다.

다만 원래 테라가 이루려던 꿈, 그것이 이루어지지 않는 것에 대한 반발이었던 것이다.

"역심이었습니다. 우리 노인네들이야 워낙에 고지식하다 보니 전하께서 힘을 가지고도 왜 나라를 되찾지 않는지 이해가 가질 않았던 게지요."

"그게 이젠 소용없는 고집에 불과하다는 것도 압니다."

전칠삼에 이어 오시영도 입을 열었다.

여전히 이진은 가만히 들었다.

"그래서 오늘 사태가 일어난 게지요. 그래도 이리 늙은 이들을 살펴 주시니 감읍할 따름입니다."

더 들을 것도 없었다.

이진은 어머니 앞에서 불편한 이야기를 하고 싶지도 않았다.

"좀 더 여유를 즐기세요. 그리고 돌아오세요. 전 다 잊었습니다."

이진은 무덤덤하게 말을 꺼냈다.

밖에서 듣고 있던 와타나베 다카기의 표정이 굳어졌다.

옛날로 치면 반란의 수괴를 그냥 편하게 살게 해 주겠다는 말이었으니 당연했다.

"회, 회장님!"

결국 와타나베 다카기가 이진을 불렀다.

"감히 왜놈이 어딜 끼어드는 게야? 저놈을 조심하십시오. 왜놈은 왜놈입니다."

전칠삼의 말에 이진은 웃지 않을 수 없었다.

"예. 그러지요."

이진의 대답에 밖에서 와타나베 다카기가 머리를 흔들었다.

그때 사미승 한 명이 찻잔을 가지고 다가왔다.

"차를 들일까요?"

"예. 들이세요."

사미승이 찻상을 들였다.

그런데 찻잔이 달랑 2개였다.

그때 어머니 데보라 킴이 입을 열었다.

"오랜만에 아들을 만났으니 잠시 이야기 좀 나눌게요."

"그러시지요. 저희는 이미 드릴 말씀 다 드렸습니다."

"입이 열 개라도 할 말이 없는 게 아니고?"

오시영에 이어 전칠삼이 늘 그렇듯 구시렁거렸다.

이진은 가만히 일어나 어머니 데보라 킴을 따라나섰다.

"입국하실 때 말씀하시죠. 메리가 나갔을 텐데……."

이진이 섭섭한 말투로 어머니에게 말을 붙였다.

그러나 데보라 킴은 그냥 걸어서 대웅전으로 갔다.

대웅전에는 주지로 보이는 중이 혼자 기다리고 있었다.

"어서 오십시오, 보살님! 육신에서 피 냄새가 가득합니다."

"그러게요."

이건 무슨 대화지?

이진은 잠시 당황했다.

"그럼 불공을 올리시지요."

주지 스님이 나가자 이진이 황급히 물었다.

"어머니!"

"피 냄새는 내가 안고 가마."

"어머니, 그게 무슨……?"

"오늘 전 노인에 대해 결정하려고 했지?"

"그건…….."

"미안하지만 그 일은 내가 했다."

"어머니! 그게 무슨……."

"넌 더는 손에 피 묻히지 마라. 절대 그냥 넘어갈 일은 아니야."

이진은 어머니 데보라 킴의 말이 끝나자마자 전칠삼과 오시영이 있는 선방으로 뛰었다.

그러나 이미 상황은 끝나 있었다.

"어르신!"

"저희 둘이 사약을 받는 조건으로 일가를 살려 주시겠다하셨습니다. 쿨럭!"

"이게 뭔 짓입니까?"

"대비마마께서 약속하셨습니다."

"……."

"그 상심을 다 압니다. 그래서 더 가슴이 아픕니다. 불충을 용서하십시오."

"전하를 위해 독한 일을 짊어지시고 싶으신 게지요. 쿨럭!"

전칠삼이 피를 토해 냈다.

이어 오시영 역시 마찬가지였다.

오시영은 이 일에 대해 그 어떤 잘못도 없었다.

한데…….

"전하를 제대로 모시지 못한 것은 모두 신하들이 부족한 탓입니다. 이 모든 죄를 저희가 안고 가겠습니다. 하오니… 쿨럭!"

오시영이 입을 열다가 역시 피를 토하더니 바닥에 쓰러졌다.

덜컹.

이진이 문을 열고 나갔다.

"의사 불러요."

"죄송합니다."

와타나베 다카기가 이진의 명령을 거부했다.

"내 말 못 들었어요?"

"전 회장님께서 이번만 명령을 들어 달라고 간곡히 부탁하셨습니다."

이진은 어쩔 수 없이 다시 대웅전으로 뛰었다.

"어머니!"

"두 분과 나의 합의야. 넌 받아들여야 해."

"하지만… 제가 처리할 일이었습니다. 제가요!"

"알아. 하지만 자식에게 더러운 일을 맡길 부모는 없다."

"……."

데보라 킴의 말에 이진은 대꾸할 수가 없었다.

"두 분 다 스스로들 선택하신 거야. 테라와 남은 가솔들을 위해……."

정말 말 그대로 병신 같은 한 해가 지나가고 있었다.

2016년은 테라에도 그랬지만 한국에도 병신년이었다.

양대 가문의 두 노인이 스스로 목숨을 끊은 후, 어머니 데보라 킴과 이진의 사이는 나빠졌다.

아니, 나빠졌다기보다는 서먹서먹해졌다는 것이 맞는 말일 것이다.

그러는 사이 사드 보복은 심화되었으며 남북 관계는 파국으로 치닫고 있었다.

중국의 한한령이 시초였다.
 사드 배치 결정에 대한 보복으로 중국 정부가 자국 내 중국인들에게 대한민국에서 제작한 콘텐츠 또는 한국 연예인이 출연하는 광고 등의 송출을 금지하도록 명한 한류 금지령, 즉 한한령을 발동했다.
 이는 비공식적인 행정 명령으로 한국 상품에 대한 불매운동을 유도한다거나 혹은 중국에 진출한 한국 업체에게 불이익을 가져다주었다.
 곳곳에서 곡소리가 들려왔다.
 그리고 한한령에 가장 핫한 회사는 역시 테라였다.
 정확히 말하자면 테라 유통.
 대형 마트를 비롯해 편의점 체인을 보유한 테라 유통은 중국 전역에 엄청난 규모의 지점망을 형성하고 있었고 매출 1위를 기록 중이었다.
 중국 정부가 은연중에 테라가 미국 회사라고 강조해 온 터라 직격탄은 피했다.
 중국 정부는 테라에 직접적으로 제재를 가하는 것을 피하려 안간힘을 썼다.
 그러나 여기저기서 테라가 한국 회사나 마찬가지라는 말들이 흘러나오고 있었다.
 이진은 전혀 개의치 않은 채 시장만 주시하고 있었다.
 사실 엄밀히 따지고 보면 2019년 하반기에 시작된 일본의 무역 보복은 중국의 보복에 비해 아무것도 아니었다.

중국이 보복을 할 때는 공식적이지 않다는 이유로 찍소리도 못하던 정치인들.

그런데 2019년에는 죽창을 들자며 선동에까지 나섰다.

사실상 한한령으로 인한 피해가 훨씬 더 컸음에도 말이다.

이진은 그런 과정들을 지켜보며 어이가 없었다.

이진은 침착했다.

그리고 테라 유통에 대한 추이를 세세히 검토했다.

한 번만 잘못 건드리면 그대로 터져 버릴 긴장감만이 감돌았다.

그런 긴장감은 중국 외교부 아주국 부국장인 천하이로 인해 터져 버렸다.

"이 자식 발언 좀 보십시오."

"뭔데요?"

회의 중에 와타나베 다카기가 불만이 가득한 표정으로 험한 표현까지 곁들이며 입을 열었다.

강우신이 묻자 와타나베 다카기가 신문 기사를 내보였다.

〈소국이 대국에 대항해서 되겠는가?〉
〈너희 정부가 사드를 배치하면 단교 수준으로 엄청난 고통을 주겠다.〉

기사를 요약하자면 딱 두 가지였다.

외교부 중요 간부가 언급하기에는 부적절한 표현이었다.

"중국 정부의 속내가 그대로 담겨 있네요."

강우신은 비교적 담담했다.

"문제는 우리 테라 유통에 있습니다. 중국 일부 친정부 조직과 매스컴들이 틈만 나면 테라를 화두에 올립니다."

"그게 문제인가요?"

블라이스의 발언에 이진이 반응했다.

"지금은 회장님이 두려워 직접적이지는 못하지만, 아마 보복을 감행하면 테라와 관계없는 한국에 본점을 둔 유통 회사의 문제라고 둘러댈 겁니다."

"그럼 치면 되지."

이진은 직접적으로 언급했다.

"그 말씀은······."

"중국이 공식적이든 비공식적이든 우리에게 보복을 가하면 그냥 보복하세요."

"하지만 그렇게 되면······."

"난 겁날 게 없어요. 괜히 미국 회사냐 한국 회사냐 하는 걸 쟁점화하려는 것에 끌려다니지 말란 소립니다."

"그 말씀은··· 정확히 정리를 좀 해 주십시오."

강우신이 말했다.

당연했다.

파장이 엄청날 것이기 때문이었다.

그래서 이진의 진심이 무엇인지 명확하게 해 달라는 것이었다.

"불공정한 조치를 하면 우리도 수단과 방법 가리지 말고 엄청난 고통을 주세요."

"예. 지당하신 말씀이십니다. 한데 예를 들자면……."

"사안에 맞춰서 대응하죠. 눈에는 눈 이에는 이. 만약 유통에 불리한 조치가 이루어지면 그걸 중국 정부의 조치로 간주하세요. 그렇게 하면 우린 화웨이나 아니면 다른 중국 회사들 주식을 미국 시장에 던져 버려요."

"하하하!"

강우신이 웃는다.

"만약 유통에 직접적인 피해가 오면 당장 전자 장비 출하나 단말기 출하를 중지시키세요. 그럼 뭔가 답이 나오겠죠?"

"하지만 그렇게 하는 것보다는 시진핀 주석과 직접 대화하시는 것이……."

"대화는 이미 할 수 없어요. 시진핀은 예전의 시진핀이 아니거든요. 아마 자신도 그렇게 될 줄은 몰랐을걸요? 권력이란 것이 그런 겁니다."

이진의 대꾸에 모두 고개를 끄덕였다.

시진핀은 황제가 되어 가고 있었다.

이미 초심과는 좀 거리가 먼 길을 가고 있는 것이다.

그래서 시진핀을 조심해서 대해야 했다.

싸움이 벌어지면 테라가 이길 것이지만, 독재자는 늘 극단적인 선택을 할 수가 있다.

그 결과는 모두 민간인들이 감수해야 한다.

게다가 중간에 북한이 끼어 있었다.

그런데도 한국 정치권은 나라를 위해서가 아니라 당리당략을 위해 움직이고 있었다.

곧 최서원이 촉발한 문제들이 폭풍으로 변할 것이 분명했다.

이진은 최대한 거리를 둔 채 그 상황을 지켜볼 작정이었다.

"북한과 대화를 좀 해 봅시다. 안 될 것은 알지만 그래도 시도는 해 봐야지요. 정말 인민을 위해서 지금처럼 하는 것인지 아니면 김씨 왕조를 유지하기 위해서 인민들 피를 빨아먹는 것인지……."

"제가 선을 넣어 보겠습니다."

블라이스가 미국 정치권을 통해 비선을 가동해 보겠다고 나섰다.

이진은 그걸 허락했다.

"좋아요. 추석 전후로 해서 한번 만나 봅시다. 뉴욕에서 북한 UN 대표를 통해서도 좋고, 아니면 다른 곳도 좋고요."

"무슨 제안을 하실 생각이십니까?"

강우신의 질문에 이진은 담담하게 대답했다.

"당장 뭘 하자고 하면 아마 피하려 들겠죠?"
"예."
"그냥 개성 공단을 다시 가동하게 하면 돈을 준다고 합시다."
"저기, 얼마나……."
와타나베 다카기가 대체 돈을 얼마나 쓸 생각이냐고 물었다.
"올해 북한 예산 정도?"
"하지만 그러려면 미국 정부의 대북 제재에도 걸리고 또……."
"내가 그런 걸 신경 써야 할까요?"
"…하하하! 아닙니다. 회장님이 하시는 일인걸요."

2016년 추석 연휴는 9월 14일부터 5일간이었다.
그런데 북한은 9월 9일 5차 핵실험을 감행했다.
그리고 9월 20일.
K스포츠 재단 이사장이 최서원이란 것이 밝혀진 다음 날, 이진은 가족들과 함께 뉴욕으로 향했다.
추석 명절 제사 때 어머니께서 한국에 오지 않으셔서 메리 앤의 걱정이 이만저만이 아니었다.
또 북한에서 뉴욕 회동을 받아들였다는 연락이 왔기 때

문이기도 했다.

오랜만에 이스트사이드 저택에 가족들이 전부 모여들었다.

"이렇게 오지 않아도 되는데……. 난 괜찮아. 나 때문에 온 건 아니지?"

"어머니께서 추석 때 안 오신 적이 없으시잖아요. 제가 뭘 잘못했으면 말씀을……."

"우리가 뭐 잘못한 거 있어요?"

데보라 킴의 반응에 메리 앤과 안나가 번갈아 물었다.

메리 앤은 눈치를 살폈고, 안나는 직접적이었다.

"아니야."

"아니긴. 언니가 삼둥이 때문이라도 절대 안 올 사람은 아니지."

"아니라니까?"

안나와 데보라 킴이 말싸움을 시작했다.

이진은 아무 말도 하지 않았다.

전칠삼과 오시영의 처분을 직접 처리하신 것을 이진이 강력하게 항의한 일 때문일 것이 분명했다.

이진도 난감했다.

그러나 그 일을 사과하고 싶지는 않았다.

적어도 이진은 데보라 킴에게 그런 더럽고 험악한 일을 처리하도록 하고 싶지는 않았다.

사실 데보라 킴이 어머니라고 해서 그게 깊게 받아들여

진 것은 아니다.

처음에 봤을 때는 미모에 놀라 잠시 박주운의 마음으로 묘한 감정이 느껴진 적도 있었다.

시간이 지나면서 그런 감정들이 자식이 엄마에게 느끼는 감정으로 이동하긴 했지만, 완벽한 것은 아니었다.

메리 앤에게는 모든 것이 편안한 데 비해 데보라 킴에게는 아니었다.

마음속 깊은 곳에서 뭔가 못할 짓을 하고 있다는 생각이 든다.

아들이 아니면서 아들 행세를 하고 있다는 생각 말이다.

그러나 그런 마음이 든다고 해서 아들이 아니라고 주장할 수도 없는 일이었다.

그랬다가는 데보라 킴이 이진을 정신병원에 입원시킬지도 몰랐다.

철의 여인이었다.

자식을 위해 선원사에 미리 가서 그들이 스스로 목숨을 끊도록 설득했다.

그러면 다른 가솔들에게 이 반란의 책임을 지우지는 않겠다는 약속을 했다.

이진도 그런 결정에는 찬성했다.

그러나 그들이 선택했다고 해도 어머니가 관여된 것이 불편했다.

같은 마음이었을 것이다.

그러나 이진은 그런 일에 손을 대는 것은 자신 하나면 족했다.

테라를 다 잃는 한이 있어도 가족들에게 더럽고 어려운 일을 시키고 싶지는 않았다.

그나마 삼둥이가 있어 분위기는 화기애애했다.

근 반년 동안 너무 많은 변화가 들이닥쳐서인지 아이들은 한층 성숙했다.

그런 아이들은 어른들로 하여금 안쓰럽게 생각하도록 만든다.

"여긴 안전한 거야?"

"넌 무슨 말을 그렇게 해?"

곧 막내 이선의 지적질에 이령이 싸움을 걸고 나섰다.

"그냥 의례적으로 물어본 거야. 누가 또 우릴 노릴지도 모르잖아."

"그게 의례적이야? 불신이지?"

"왜 그렇게 여겨?"

"네가 지금 그렇게 말했잖아."

"기분 탓이겠지."

둘의 싸움은 거의 백중세다.

그러나 결론을 말하면 이선이 이긴다.

얼핏 들으면 항복하는 것 같은데, 살짝 비틀어 상대를 물러나게 하는 것이다.

"불신지옥 믿음천당이라고 했어. 기분 탓으로 하자."

둘째 이요가 나섰다.

이럴 땐 이 녀석이 효자다.

"너희들, 자꾸 그런 식으로 이야기할 거야? 선이 너 자꾸 그러면 엄마랑 목욕해야 해."

"아악!"

막내 이선에게 메리 앤과의 목욕은 가장 무서운 처벌이었다.

둘째 이요도 슬금슬금 눈치를 보더니 뒤따라 달아났다.

"엄마! 나도 저 두 녀석이랑 목욕하기 싫어."

딸 이령이 걱정이 되는지 나섰다.

"호호호! 그럼 엄마랑 둘이 하면 되지."

"아니. 난 할머니랑 하고 싶어."

딸 이령이 효녀였다.

아버지와 할머니 사이의 미묘한 기류를 감지한 것이 분명했다.

그랬다고 해서 자신이 뭘 어쩌겠다는 것인지…….

아무튼 이진은 일정이 잡혀 나가 봐야 했다.

"반갑습네다. 조선민주주의 인민공화국 외무성에서 일하고 있는 한석태라고 합네다."

뉴욕의 한 레스토랑에서 은밀하게 잡힌 약속에는 한석태라는 중년의 남자가 나왔다.

블라이스의 말에 따르자면 UN에 파견된 북한 측 대표를 감시하는 임무를 맡은 보위부 간부라고 했다.

전해 들은 말로는 이번 대화가 김정은에게 바로 전달될 수 있다고 했다.

"반갑습니다. 이진입니다."

"앉으시지요."

한석태란 자는 거만했다.

아니면 일부러 거만해 보이려는 것이거나.

대체적으로 이진을 만나면 주눅이 들 수밖에 없다.

특히 최근 서너 달 사이에는 그런 정도가 더 심화되었다.

이제 이진에게 함부로 시비를 걸 사람은 지구상에 없었다.

그럼 결과가 어찌 나올지 알기 때문이었다.

타블로이드에서는 이진의 재산이면 미국을 통째로 살 수 있을 거라는 말까지 나돌았다.

또 테라 페이로 한 번에 아프리카의 모든 빈곤 문제를 해결할 수도 있다는 기사도 나왔다.

시진핀도 이제 직접 전화는 못한다.

그런데 한석태란 자는 참으로 거만했다.

의자에 먼저 앉더니 다리를 꼰다. 그리고 손을 내밀어 자리를 권한다.

이진은 말없이 자리에 앉았다.

블라이스가 약간 떨어진 곳에 자리했다.

"우리 공화국과 자리를 원하셨다고요?"

"공화국은 아니고……. 근데 사람이 잘못 나왔네요."

"무슨 말입네까?"

"난 대사를 만나려고 했는데……."

이진의 말에 한석태가 피식 웃는다.

"그거이 뭘 몰라서 하는 말입네다. 내래 경애하는 지도자 동지의 명을 직접 하달받는 사람입네다."

"그럼 나도 내 명령을 직접 받는 사람을 보낼 걸 그랬나?"

이진의 대꾸에 한석태의 표정이 구겨졌다.

"말조심하라요, 동무!"

"여기 뉴욕이야. 내 말 한마디면 넌 죽을 수도 있고."

"해보시라요?"

"하기야 광신도가 죽는 게 무섭겠어? 근데 정말 나랑 한 대화가 김정은 그 친구에게 바로 전달되긴 하는 거야?"

"이 간나 새끼가?"

이진이 그들의 지도자를 직접 거명하자 한석태가 발끈했다.

"여긴 공식 외교 석상이 아니야. 난 그런 자리엔 안 나가.

그러니 괜히 경애, 위대 이런 말로 주접떨지 말고 곧바로 핵심으로 가자고."

"……."

"니네 돈 필요하지?"

이진은 거의 시정잡배처럼 물었다.

잠깐 침묵이 흘렀다.

그러나 곧.

"하하하하! 이 회장님이 생각보다 대범한 사람이었구만. 좋소. 돈 필요하오. 얼마나 줄 수 있소?"

한석태가 웃더니 이진에게 물었다.

"원하는 만큼!"

"배포도 크시오. 그럼 주시오."

"조건이 있어."

"말해 보기요."

한석태가 이진을 주시하면서 말했다.

이진은 소파에 등을 기댔다.

"먼저는 구호자금으로 시작합시다. 테라 유니버스 관리 하에 일반 국민들에게 식량을 지원하는 걸로. 북한 사람 전체가 2년 충분히 먹고살 만한 식량을 공급하지요."

"……."

한석태는 말이 없었다.

이진이 계속 말을 이었다.

"그러고 나면 우리 테라에서 사회간접자본 투자를 해 드리죠. 일단 도로, 주택, 전력 시설부터 시작합시다."

"……."

한석태는 여전히 말이 없었다.

자신이, 아니 북한 정권에서 생각하는 것과 다른 전개인 것이다.

이진은 상관하지 않았다.

"이후 우리 테라 공장을 지읍시다. 아마 들어오는 외화가 상상 이상일 겁니다."

"그렇게 하면 우리 원수님께서 얻으시는 건 뭐요?"

"원수님이 아니라 북한 인민들이 배불리 먹고 살 수 있지."

이진이 담담하게 대답했다.

"이보시오, 동무!"

"지금 뭐 하러 왔는지 다 알아요. 다른 기업가들처럼 사업 허가를 내주는 대신에 돈이나 좀 뜯어보려고 왔겠지. 근데 난 그런 사업가들과는 달라요."

"뭐가 다르오?"

"거긴 내 나라거든."

"내 나라? 왕족이라고 우긴다더니……."

"일단 사람들부터 먹고삽시다."

"먹고사는 것보다 중요한 것이 있소. 위대한 우리 공화국의 가치는 배고픔 따위로 짓뭉개지는 게 아니오."

"위대한 가치도 배가 불러야 더 발전하는 법이지. 사람들 배도 채우지 못하는 가치는 대체 어떤 가치일까?"
"이보시오, 동무!"
"가서 김정은에게 전해요. 내가 다 먹여 살릴 수도 있다고. 그러려면 먼저 내려놔야 할 것이 있어."
"하하하! 그게 뭐요?"
이진의 말에 한석태는 비웃으며 물었다.
"지금이라도 개혁 개방으로 나가자고. 그러면 정말 위대한 지도자로 남을 수가 있어요."
"원수님께서는 지금도 위대한 지도자요."
"거기까지 합시다. 알 만한 사람이……. 그렇게 위대한 양반이 왜 고작 아버지한테 물려받은 권력 빼앗길까 봐 전전긍긍하는데?"
"누가 그러오?"
"다 알지. 모르는 사람은 북한 사람들밖에 없어."
말을 마친 이진은 자리에서 일어섰다.
밖에서 기다리고 있던 와타나베 다카기가 들어온다.
실무 협상이라도 하게 된 줄 아는 모양이었다.
"들어올 것 없어요. 가서 중국 시진핀에게 전해요. 북한으로 전략 물자 들어가면 중국에 통신 장비 수출을 중단하겠다고."
"예? 예, 회장님!"

"이보시오, 이 회장?"
한석태가 소리를 질렀다.
"버텨 보든가, 안 되면 연락하라고 해요."
이진은 그 말을 마지막으로 문을 박차고 나왔다.

이스트사이드 저택에 돌아오고 나자 한숨이 나왔다.
"왜요? 일이 잘 안 됐어요?"
"아니!"
메리 앤이 다시 물었다.
"그럼 어머니 때문에?"
"아니. 메리는 혹시 한국이 멕시코나 콜롬비아, 태국보다 행복도 지수가 떨어진다는 거 알아?"
"아니? 금시초문인데……. 난 행복해."
"크! 역시 메리는 춘향이 스타일은 아니야."
"그럼 향단이 스타일이야?"
"나 향단이 좋아해."
이진의 말에 메리 앤이 노려보다가 입을 열었다.
"그럼 난 향단이 할래. 아무튼 그건 경제적 부를 행복으로 전환시키는 데 문제가 있는 거 아닐까?"
"맞아. 정확히 짚었어."

이진의 얼굴이 심각해서인지 메리 앤도 장난을 접었다.

정확한 지적이다.

남한은 행복하지 않다.

세계 10대 경제 대국에 이름을 올린 것도 모자라 지금은 공식은 아니지만 테라로 인해 1위나 다름없음에도 말이다.

사실 이진은 이번 북한과의 접촉에 많은 기대를 했다.

그런데 이야기를 꺼내 보기도 전에 인내심이 바닥났다.

이진, 아니 박주운은 북한에 대한 유발 하라리의 견해를 읽은 적이 있다.

기술 혁명이 도래한다면 한반도 양쪽의 운명은 어떻게 될까?

유발 하라리는 호모데우스의 서문에서 그 결론을 명료하게 서술했다.

남한은 지금처럼 기술 혁명을 빠르게 받아들일 수 없다.

산업 한 분야에 기술적 혁명이 일어나면 그 분야에 종사하던 사람들의 강력한 반발에 부딪칠 것이기 때문이다.

지금 테라의 자율 주행 자동차가 완벽하게 운행되고 있음에도 제대로 상용화되지 못하고 있는 이유다.

반면 북한은 어떨까?

김정은의 사인 한 번이면 그게 가능하다.

유발 하라리는 그걸 지적했다.

하지만 역시 그가 지적한 대로 북한에 테라가 보유한 인

공지능, 통신 기술, 생명 공학을 조건 없이 이전하는 것은 분명히 경계해야 할 일이었다.

자칫 전체주의적 디스토피아가 될 가능성이 있기 때문이었다.

아마 김정은이 그런 기술을 확보한다면 그걸 이용해 구소련의 KGB도 엄두 내지 못한 감시망을 구축하려 할 것이 분명했다.

역사상 최초로 모든 국민이 매 순간 무슨 생각을 하는지 알게 되는 지도자가 될 수도 있다.

그게 아니라면 김정은이 무얼 하겠는가?

아무리 서구식 교육을 받고 권력 투쟁에서 승리할 정도로 지도력을 갖추었다고 해도, 제 고모부를 총살시킨 것만 봐도 알 만한 놈이 아닐 수 없었다.

"정말 유발 하라리 글처럼 김정은 초상화를 바라볼 때 생체 징후를 포착하도록 만들어서 강제 수용소로 보내 버릴지도 모르지."

"풋! 어떻게 그런 상상을 해?"

이진의 넋두리에 메리 앤이 웃었.

상상이 아니다.

이제 곧 나올 책을 읽었을 뿐.

"그냥. 내가 너무 기대를 했나 봐. 한석태란 놈을 만나 몇마디 나누지도 않았는데 하나 마나 한 만남이란 생각이 들더라고."

"나도 그렇게 생각해요. 분명히 북한 내에 투자를 허가하는 조건으로 다른 걸 요구했을 거예요. 그게 그들 방식이잖아요."

메리 앤은 정확히 꿰뚫고 있었다.

그래서 지금까지의 경협들이 실패한 것이다.

금강산 개발, 개성 공단, 나선 공업 지구 역시 다 마찬가지다.

심지어 북한을 지원하고 있는 중국도 골머리를 앓고 있을 것이다.

고작 얻는 것이라고는 우방이란 허울뿐일 테니 말이다.

"포기해야 하나?"

"에티오피아가 나아요. 적어도 누굴 신격화시키는 정치 체제는 아니잖아요."

"그건 그렇지."

이진도 메리 앤의 말에 동의할 수밖에 없었다.

에티오피아 정부는 조금씩 자유민주주의 체제로 변화하고 있었다.

자유민주주의 체제를 이진이 신봉하는 것은 아니었다.

그러나 만약 급작스러운 기술 혁명으로 정치 체제가 변화한다면 자칫 전체주의로 갈 수도 있다.

물론 키는 테라가 가지고 있었지만.

메리 앤의 말을 듣고 있을 때 안나가 들어왔다.
"언니가 좀 보자시네."
"지금요?"
"응."
어머니 데보라 킴의 호출이었다.

 이진은 찻잔을 사이에 두고 마주 앉은 채 어머니 데보라 킴을 대면했다.
"오늘 일은 잘됐니?"
"별 소득이 없었어요."
"그럴 게다. 아버님도 북한과 어찌해 보시려고 부단히도 애를 쓰셨었지. 몇 번은 김일성에게 지원도 하셨고 만나기도 하셨어."
 그 이야기는 기록에 남아 있었다.
 할아버지 이유가 김일성을 만나 보니, 공허한 소리만 지껄여 대더라고 기록해 놓으셨다.
 그리고 할아버지 이유가 들고 간 5,000만 달러를 받더니 추가로 벤츠 방탄 차량을 요구했다고 적혀 있었다.
 벤츠고 뭐고 다 좋은데…….
 경제가 어려우니 백성들을 위해 쌀을 지원해 달라는 말

을 할아버지 이유는 기다리고 또 기다렸다고 썼다.

그래도 말을 하지 않기에 먼저 이야기를 꺼냈더니 자기 인민들은 모두 배불리 먹고 자고 있다고 말했단다.

그래서 할아버지 이유는 그 이후로 더 이상 북한에 무엇도 주지 않으셨다고 했다.

아버지 이훈은 아예 접촉조차 하지 않으셨다.

그러나 세월이 지났다.

그래도 스위스에서 교육받은 김정은은 다를 것이라 생각했다.

그러나 이진을 대하는 태도로 볼 때 애초에 그른 일이었다.

"심려 마세요. 당분간은 무엇도 주지 않을 거예요."

"그 말 하려고 보자고 한 건 아닌데……."

어머니 데보라 킴의 말에 이진은 퍼뜩 놀랐다.

"죄송해요."

"아니야. 내가 미안하구나. 너에게 미리 이야기를 했어야 하는데……."

전칠삼과 오시영 이야기를 하시는 것이다.

"괜찮아요."

"안 괜찮은 거 안다."

"어머니!"

이진의 언성이 높아졌다.

더 이야기하고 싶지 않았다.

그런데도 어머니는 왜 그 이야기를 하려 하시는 것일까?
"네 할아버지의 유언이셨다. 가문에 일이 생기면 더럽힐 손은 하나로 족하다고 하셨다."
"……."
이진은 놀라 아무 말도 하지 못했다.
"그리고 그 손은 적어도 네가 아니어야 한다고 하셨다."
"하지만 어머니……."
"그래서 내가 했다. 넌 적어도 오 집사장 일처럼 가문의 다른 사람들에게는 늘 용서하고 베풀어 주는 성군이어야 하니까."
"……."
이진은 결국 데보라 킴에게 항복할 수밖에 없었다.
그러나 아무리 할아버지의 유언이었다고 해도 자식이 어찌 어머니 손에 피를 묻히게 한단 말인가?
데보라 킴의 목소리가 다시 들려왔다.
"또 부탁이 있어. 난 이제 그만 쉬고 싶어."
"어머니!"
현재 어머니 데보라 킴은 뉴욕 테라 투자 은행의 대표이사로 등재되어 있었다.
물론 어차피 이진이 테라 전체를 지휘하고 있긴 해도 말이다.
그런데 그 자리를 내려놓으시겠단 말씀이었다.

이진은 난감했다.

"고민할 것 없어. 나하고 안나는 이제 좀 쉴래. 너하고 메리한테 미안하구나."

말씀은 미안하다고 하고 있었지만, 사실 책임을 지겠다는 말이나 다르지 않았다.

반란 사태의 책임을 지고 물러나겠다는 말씀이었다.

만약 그렇게 하지 않으면 테라 가문 내부의 사람들은 이진의 지도력을 몰래 헐뜯을 수도 있었다.

그걸 막으려는 생각이신 것이다.

적어도 전대의 일이니 전대에서 해결을 하고 마무리를 짓는다면 이진에게 부담은 되지 않을 것이라고 여기시는 것이다.

물론 지금 상황에서 이진에게 누군가 반기를 들 가능성은 없었지만, 티끌조차도 남겨 두지 않겠다는 의지의 표현이었다.

"어머니! 안 그러셔도 돼요."

"그래야 해. 나랑 안나는 아이들 돌보는 것으로도 충분히 행복해."

"그래도……."

"그렇게 하자. 메리도 지금까지 정기적으로 하던 사업 보고 그만하라고 해."

"아!"

이진도 알고 있긴 했다.

그저 효도 차원이었다. 소외감도 덜어 드릴 겸 해서 말이다.

그런데 그조차도 이제는 받지 않겠다는 뜻.

데보라 킴이 이진의 어깨를 감싸더니 머리를 가슴으로 안았다.

묘한 전율이 느껴졌다.

"내 아들! 정말 잘해 줬어. 고맙다."

"그러셨어? 그럼 지분은 누구 주신대?"

이진이 어머니의 말씀을 전하자 메리 앤은 지분 문제부터 물었다.

"어머니가 현역에서 물러나신다는데 그 질문부터 꼭 해야 해?"

"그게 뭐. 당연한 거지. 분명히 난 아닐 거야. 그치?"

메리 앤의 말에 이진은 웃어야 했다.

지분 문제도 간단히 정리하셨다.

상속세율이 낮을 때 정리하는 것이 낫다는 판단에서다.

"모두 다 메리 준다고 하셨어."

"정말? 세상에? 말도 안 돼!"

"왜 말이 안 돼? 애들 셋한테 3등분해서 주신다는 건데."

"뭐? 흥! 내 그럴 줄 알았지. 근데 그게 왜 나한테 주시는 거야?"

"애들이 어른 되기 전에는 팔아먹든 말든 메리 마음이잖아. 그러니 그냥 주신 거지."

"그런가? 헤!"

따지고 들던 메리가 바보처럼 웃었다.

그러나 그녀의 눈에서는 눈물이 흘러내리고 있었다.

이진은 얼른 메리 앤을 안았다.

"울긴."

"우리도 나중에 어머니처럼 해야 할 때가 올까?"

"그렇겠지."

아마 메리 앤은 그때를 생각한 모양이었다.

어머니 데보라 킴의 결단이란 것이 사실 생각보다 어려운 것이었다는 걸 메리 앤은 잘 알고 있었다.

그래서 고마우면서도 안타까운 것이다.

그때 누군가 문을 두드렸다.

메리 앤은 아쉬운 듯 이진의 품에서 떨어졌다.

"들어와요."

"예."

들어온 사람은 와타나베 다카기였다.

메리 앤이 눈물을 훔치는 걸 본 와타나베 다카기가 난색을 표했다.

"급한 일이라……. 죄송합니다."
"무슨 일인데요?"
"에티오피아에서 급전입니다. 군부 쿠데타가 일어난 모양입니다."
"뭐라고요? 기지는요?"
"기지에는 아무런 여파가 없는 것 같습니다."

제6장

기술이 이긴다

재벌집 망나니
7대독자

"정확히 어떤 상황이에요?"

이진이 손을 내밀어 앉으라는 신호를 보냈다.

와타나베 다카기가 엉덩이를 소파에 걸치더니 입을 열었다.

"암하라 주에서 얼마 전 반란이 일어났습니다."

"암하라 주라면 우리 기지에서는 거리가 좀 있잖아요?"

"예. 그렇습니다. 한데 이번에는 좀 예사롭지 않습니다."

어느 나라건 문제가 있다.

에티오피아는 종족 분쟁이 문제다.

인구가 1억 명이 넘는데 종족이 80개나 된다.

그중 전체 인구의 27퍼센트를 차지하는 것이 암하라족

이다.

암하라 주는 암하라족의 본거지나 다름없다.

에티오피아는 이전부터 종족 분쟁이 심해 300만 명이 이런 분쟁으로 집을 버리고 피난 생활을 하고 있다.

그나마 테라로 인해 그 수가 줄어들고 있는 상황.

"차고 준장이란 사람입니다. 암하라족 출신의 전형적인 군인입니다."

반란군이 만약 암하라 지역을 장악했다면 곧 테라의 기지 쪽으로도 불똥이 튈 형국이었다.

"혼자 했을 리는 없고. 어디서 지원을 했어요?"

"러시아가 의심스럽습니다."

"러시아라……. 푸첸이 골칫거리네. 그 외에는요?"

"예상외로 반란군의 화기가 막강한 모양입니다. 그중 상당수는 북한제 무기인 것으로 확인되었습니다."

"북한이 지원했다?"

"그랬을 가능성이 있습니다. 차고 장군이 친북파인 데다가 북한의 군사 고문관 여럿을 데려와 있는 상태입니다."

"그럼……?"

"이전에 한석태가 그 문제를 거론하려 한 것은 아닐까요?"

이진이 눈치를 챘다.

그러자 와타나베 다카기가 고개를 끄덕이며 말했다.

그랬을 수도 있었다.

어쩌면 그 정보를 군사 고문관을 통해 미리 알고 제공해 주려 했을 수도 있다.

그리고 대가를 요구했을 것이고 말이다.

그러나 그랬다고 해도 이진은 아마 거절했을 것이다.

요구하는 대로 들어주다가는 북한에 끌려다니게 된다.

그것이 그들이 바라는 것이고 말이다.

어떤 경우에도 북한의 위정자들에게 돈을 주고 싶은 마음은 없었다.

"기지에 조치는 했어요?"

"예. 비상사태를 발령하고 보안 병력들이 대기 중인 상태라고 합니다."

현재 에티오피아의 생산 기지에 있는 테라의 병력은 1만 5천 명 정도. 반란군이나 정부군이 한 번에 제압할 수 있는 병력이 아니다.

이미 최첨단 무기로 무장했고, 충분히 방어할 능력이 있었다.

게다가 테라는 미국 회사.

테라가 공격당하면 미국 정부가 어찌 나올지 모르니 함부로 공격하지는 못할 것이란 것이 지금까지의 믿음이었다.

그리고 그게 통해 왔다.

그렇다면 누군가가 일을 크게 벌인 것이 분명하다.

"양쪽 어디서도 연락이 없어요?"

"정부군에서 먼저 연락을 해 왔습니다. 반란군이 암하라를 장악했으니 물류 공급을 중지해 달라고 말입니다."

좋지 않은 소식이었다.

정부군이 상황을 통제할 수 있다면 그런 부탁을 했을 리 없다.

암하라가 반군에 떨어진 것이 분명했다.

자칫 에티오피아가 2개로 나뉘게 생긴 것이다.

"다행인 것은 암하라 지역의 에티오피아 주민들도 테라에 우호적이라는 겁니다. 암하라에 학교도 세웠고 또 유니버스 직원들도 상주하고 있습니다."

"그분들 안전은요?"

"모두 안전하다고 합니다. 주민들이 나서서 보호를 하고 있다고······."

어쨌거나 다행이긴 하지만 위험하다는 신호였다.

"비행기 준비하시죠."

"직접 위험 지역에 가시는 것은······."

와타나베 다카기가 이진을 막아섰다.

"가야 해요. 사태가 걷잡을 수 없이 번지면 기지가 고립될지도 몰라요. 그럼 늦죠."

늦고말고다.

전 세계 경제에 충격을 줄 수도 있었다.

이진은 서둘러 옷을 갈아입고 메리 앤이 가방을 챙겼다.

비행기가 준비되자 이진은 곧바로 에티오피아로 향했다.

이진이 에티오피아 기지에 도착했을 때 상황은 더 악화되어 있었다.

정부군과 반란군이 이미 대규모 교전을 한차례 벌인 후였다.

민간인 희생자만 수십 명 발생했다고 CNN에서 떠들어대고 있었다.

이진이 기지에 들어서자 곧바로 공장장 황인영이 나왔다.

"상황은 어때요?"

"긴박하게 돌아가고 있습니다. 상황실로 가시죠."

황인영 공장장은 이미 비상 상황실까지 꾸민 후였다.

상황실 안에서는 직원들이 분주히 오가다가 이진을 발견하고는 조용해졌다.

"반군에서는 연락이 왔어요?"

"예. 10분 전 연락이 왔습니다."

황인영 공장장이 서류를 내밀었다.

반란군이 보낸 메시지 전문이다.

전문을 읽던 이진의 인상이 구겨졌다.

"벌써 유니버스 파견 직원들을 인질처럼 말하네요?"

"예. 협박입니다. 테라가 정부군의 요구대로 물자 공급을 끊으면 유니버스 직원들에게 피해가 돌아갈 거라는……."

"정부군은요?"

"정부군도 난감한 상황입니다. 하필 소말리아 쪽에서 다시 교전이 벌어지는 바람에 대응이 둘로 분산되었습니다."

이진은 메시지를 다 읽은 후 다른 상황을 점검했다.

아직 직접적인 피해는 없다.

그러나 간접적인 피해는 이미 발생하는 상황이었다.

원자재 공급과 상품 출하에 차질을 빚고 있는 것이다.

"암하라족만의 문제는 아닙니다. 오로모족의 불만도 많습니다."

"오로모족은 30퍼센트도 넘죠?"

"예. 경제적으로 풍요로워지자 정치로 에티오피아 국민들의 관심이 빠르게 움직이고 있습니다. 제대로 된 투표가 이루어지지 않고 있다고 여기고 있습니다."

"구체적으로 뭘 요구해요?"

"반정부 정치범을 석방하며 야당 활동을 자유화해 줄 것과 온라인 사이트와 언론에 대한 통제를 그만둘 것을 요구하고 있습니다."

"정당한 요구네요?"

"하하하! 물론 그렇습니다만, 우리 테라가 친정부라는 것을 감안하면……."

이진이 황인영 공장장을 향해 턱을 들어 올렸다.
"우리가 왜 친정부예요?"
"무슨 말씀이신지……."
"우린 그냥 에티오피아 국민 편이에요. 그렇다고 여기서 우리가 정부에 규제를 해제하라고 요구하면 안 되겠죠?"
"…아, 예."
"아마 그럼 그 기회를 노려 반정부 세력은 더 날뛸 거예요."
"하면 어떻게 대처하는 것이……."
황인영 공장장은 왔다 갔다 하는 이진의 발언이 헷갈리는 모양이었다.
이진이 씩 웃으며 일어났다.
"정부군, 반군 양쪽에 모두 우리 요구를 합시다."
"예?"
"정부군에는 경제 발전에 맞게 규제 완화를, 반군에는 외부 지원을 차단하고 협상에 나서도록 해야죠."
"외부 지원이라면?"
"반군 무기는 북한제고 지원은 푸첸이 하는 거잖아요. 다 우리 잡아 보겠다고 나선 거예요."
"아!"
황인영 공장장이 눈치를 챈 모양이었다.
겉으로 볼 때는 에티오피아에서 흔히 일어나는 종족 분쟁으로 꾸며졌다.

그러나 역사적으로 종족 분쟁이 일어나려면 두 해 가까이 더 있어야 한다.

한데 올해 갑자기 일이 터졌다면 배후가 있다는 뜻이었다.

누군가 테라의 생산 기지를 압박하고 있는 것이다.

"일단 그렇게 우리 요구를 담아 질의서를 보냅시다. 초안을 만들어 가져오세요."

"예, 회장님!"

초안이 만들어졌고 이어 전달이 되었다.

하루가 더 지나며 산발적인 교전이 벌어지고 있었지만 기지에는 아무런 피해가 없었다.

이틀이 더 지나고 나서야 정부 쪽에서 먼저 답이 왔다.

테라의 제안을 받아들이겠다는 답이었다.

이미 테라를 통해 많은 이익을 얻어 온 현 정부이니 양보하고 나선 것이다.

그러나 반군에서는 답이 없었다.

다시 하루가 더 지난 후에 반군 대변인이란 사람이 인터넷에 성명을 발표했다.

테라로 인해 에티오피아가 국가적 정체성을 상실해 가고 있다는 내용이었다.

테라는 일개 기업으로 경제 활동에만 전념해야 하며 더 이상 정치적 영향력을 발휘해서는 안 된다는 내용도 포함되어 있었다.

협박처럼 들렸다.

사실 협박이었다.

문제는 그런 협박을 고작 반군이 한다는 것이 이해가 가질 않는다는 점이었다.

어쨌든 이진의 입장에서 보면 답이 나온 것이었다.

명백히 어느 편에 서야 할지가 결정되었지만, 이진은 아무런 대응도 하지 않은 채 기다리기만 했다.

전세가 점점 정부군에게 불리해져 가는 사이, 다시 5일이 더 지났다.

"회장님, 전화입니다."

"누군데요?"

"한석태라고……. 전에 만났던 노쓰 코리아 놈입니다."

와타나베 다카키가 쓴웃음을 지으며 수화기를 들고 있었다.

이진이 손을 내밀었다.

(오! 이 회장님! 나 한석태요.)

"그쪽 지도자께서 마음의 결정을 빨리 한 모양입니다."

(여전하시군요. 에티오피아에 계신다면서요?)

"그건 또 어떻게……."

(우리 공화국이 정보력 하나는 그래도 끝내주지요. 전날

좀 더 많은 대화를 나누셨으면 거기 가실 일은 없으셨을 텐데…….)

"그런가요?"

이로써 명확히 일의 전모가 드러났다.

바로 에티오피아 반군 세력의 쿠데타 시도를 이용해 북한은 테라로부터 이익을 챙기려 한 것이다.

그런데 시도도 해 보지 못한 채 이진의 막말에 수포로 돌아간 것.

(그렇지요. 이대로라면 에티오피아를 반군이 장악할 가능성이 높지 않을까요?)

"왜요?"

(정부군은 에리트레아나 소말리아 쪽 막기도 벅찰 테니 말입니다.)

"미군은 가만히 있겠어요?"

(하하하! 미군이 움직이면 러시아도 움직일 텐데요.)

"그런가?"

이진의 대답에 한석태는 의기양양했다.

(이제라도 협상을 한번 해 보시지 않겠습니까?)

"누구랑요?"

(삼자 회담 어떻습니까? 우리 원수님과 푸첸 러시아 대통령이면 격이 맞지 않겠습니까?)

뚝.

이진은 곧바로 전화를 끊어 버렸다.

잠시 후 전화벨이 다시 울렸다.

"받으시겠습니까?"

"안 산다고 하세요."

"예? 아, 예."

와타나베 다카기가 웃으며 수화기를 들어 안 산다고 하고는 끊었다.

다 된 밥이라고 생각했을 것이다.

미국이 나서 주지 않는다면 테라의 보안 병력만으로 반군을 막는 것에는 한계가 있다는 것도 알고 있는 것.

분명 북한과 러시아가 공모한 것으로 보였다.

상대적으로 서방 세계에 비해 테라로 인한 경제 성장 효과를 누리지 못하고 있었으니 말이다.

중국은 묵인할 것이 분명했다.

일본도 마찬가지.

'그러고 보니 러시아하고 중국도 모자라 일본에까지 밉보여서 생긴 일이네.'

이진은 쓴웃음을 지어야 했다.

"보안실장 불러요."

"예, 회장님!"

5분쯤 지나자 전 과장에 이어 보안 책임자가 된 조진영 실장이 도착했다.

전 과장의 그늘이 아쉬운 순간이었다.

그러나 어쩔 수 없는 일.

"나랑 S 연구소로 갑시다."

"예, 회장님!"

이진은 곧바로 테라의 비밀 연구 시설인 S 연구소로 향했다.

S 연구소는 반물질 폭탄을 제조한 후 분리된 곳이다.

물론 무기를 생산하려고 따로 연구 시설을 분류한 것은 아니다.

첨단 기술을 별도로 관리해야 한다는 생각에 분리를 했다.

"하이, 헨슨!"

S 연구소 책임자인 헨슨 박사가 이진을 반갑게 맞았다.

"어서 오십시오, 회장님!"

"신기술들 좀 점검해 보려고요."

이진은 현 상황과 전혀 맞지 않는 말을 꺼냈다.

조진영 보안실장도 당황하는 모습.

"예. 그러시죠. 지난번 건은 말씀하신 대로 연구를 중단했습니다."

"잘하셨어요."

지난번 연구는 바로 딸 이령이 만든 반물질 관련 연구.

일단 중단한 상태였다.

"대신 6G 기술과 접목된 여러 기술적 성과들이 있었습니다. 이미 보신 것들도 있고 아직 개발 중인 것들도 있습니다."
"드론도 있죠?"
"예. 물론입니다."
"드론이요?"
조진영 실장이 물었다.
그도 모르는 일이었다.
드론도 보통 드론이 아니다. 초정밀 비행이 가능한 드론이었다.
그 말은 정밀 폭격이 가능하다는 뜻이었다.
그 정밀 폭격은 미국이 이라크 전쟁 때 보여 준 정밀 폭격과는 차원이 달랐다.
드론에 장착한 폭탄의 양에 따라 심지어 지상의 특정한 사람에게만 피해가 가도록 조종을 할 수도 있었다.
크기도 다양했다.
작은 반지갑만 한 크기부터 시작해 미국이 실전에 배치한 프레데터만 한 크기의 초음속 드론도 있었다.
조진영 보안실장의 입이 쩍 벌어질 정도였다.
"일단 반군 지역 정찰부터 한번 시작해 봅시다."
"예, 회장님!"
헨슨 박사가 기대된다는 표정으로 흰 가운을 입은 다른 연구소 직원들에게 명령을 내렸다.

곧바로 수십 대의 드론이 연구소를 떠나 암하라 지역으로 이동했다.

암하라 지역에 도착한 드론은 곧 정찰 임무를 개시했다.

실시간으로 드론의 카메라가 반군 지도부와 테라 관련 인물들의 위치 정보를 전송하기 시작했다.

이진은 꼬박 밤을 새워 가며 모든 정보를 지켜봤다.

반군은 테라 관련 인물들 주변에 무장 병력을 배치한 상태였다.

사실상 연금된 것이나 마찬가지였다.

상황이 발생하면 곧바로 체포할 수 있도록 준비를 해 둔 것이다.

에티오피아 사태가 알려지면서 여기저기서 전화가 걸려왔다.

그러나 정작 미국의 오바마 대통령이나 푸첸의 연락은 없었다.

중국의 시진핀은 외교부 성명을 통해 테라의 주요 산업 시설이 밀집한 에티오피아에서 무장 폭력 사태가 발생한 것에 대해 유감을 표한다는 말이 전부였다.

모두 나서지 않는다.

한국 정부도 마찬가지였다.

테라에 소속된 교민의 안전을 체크하기 위해 외교부에서 연락이 온 것이 전부였다.

하루가 더 지난 후 와타나베 다카기가 전화기를 들고 왔다.

"존 캐리입니다."

"오바마가 아니고요?"

굳은 표정으로 와타나베 다카기가 수화기를 건넸다.

존 캐리 국무장관의 목소리가 들려왔다.

(걱정이 많으시겠습니다.)

"그러네요. 오바마 대통령께서는 잘 계시죠?"

이진은 일부러 대통령부터 거론했다.

(미 정부의 견해를 자세히 전하는 데는 대통령보다야 국무장관인 제가 낫죠.)

"그렇기도 하네요."

이진은 존 캐리 국무장관의 말을 그대로 수긍했다.

물론 말만으로 그랬다.

존 캐리 국무장관은 테라와 사이가 좋은 사람이 아니었다.

2004년 존 캐리 국무장관이 민주당 대선 후보로 나섰을 때 할아버지 이유는 직접적인 재정 지원 요청을 거부한 적이 있었다.

이진은 그 기록을 정확히 기억하고 있었다.

할아버지 이유가 존 캐리를 지원하지 않은 것은 의외이긴 했다.

그러나 그 이유를 읽고 나서는 수긍이 갔다.

사실 테라는 미국 대통령 선거가 있을 때마다 공화당이든 민주당이든 가리지 않고 똑같은 금액의 정치 자금을 기부해 왔다.

그런데 유독 그해에만 민주당을 지원하지 않은 것이다.

미운털이 박힐 만도 했다.

어쨌든 공화당의 조지 부시가 재선에 성공했고 존 캐리는 낙마했다.

탁월한 선택이긴 했다.

그러나 지금에 와서는 그게 문제가 되고 있었다.

할아버지 이유가 그때 민주당을, 그리고 존 캐리에 대한 지원을 거부한 것은 한 가지 이유 때문이었다.

바로 존 캐리의 과거 때문이었다.

할아버지 이유는 캐리를 보기 드물게 호전적인 살인자라고 규정했다.

그를 지원하는 것은 부시라는 빈대를 잡으려다 초가삼간 다 태우는 격이라고 기록에 남겨 두셨다.

존 캐리는 베트남 참전 용사다.

그때 그의 전투 기록과 함께 전투에 참여한 병사들의 증언이 그 결정을 만들었다.

그는 베트남을 벗어나기 위해, 그리고 미국 귀환 후의 정치적 출세를 위해 명예 전상(戰傷) 훈장을 받으려고 3개월 동안 미쳐 날뛰었다고 했다.

 개인의 이익을 국가의 이익으로 포장한 후, 무자비한 살상도 마다하지 않았다는 뜻이었다.

 어쨌든 2013년 이후로는 테라가 사실상 미국 정부의 직접적인 지원을 받을 일이 없었기에 국무장관이 누구이든 상관이 없었다.

 그러나 이번 일은 좀 달랐다.

 (이번 일에 정부가 지원하는 데는 한계가 있을 것 같습니다.)

 "어떤 한계 말입니까?"

 (외교적으로는 최선을 다할 겁니다. 그러나 군사적 대응에 나서면 주변 국가들과의 심각한 마찰이 우려됩니다.)

 "어느 국가 말입니까?"

 (대표적으로 러시아입니다.)

 존 캐리는 군사력 행사를 못하는 이유를 러시아 탓으로 돌리고 있었다.

 "그럼 제가 푸첸에게 전화할까요?"

 (하하하! 마찬가지일 겁니다. 저와 비슷한 말을 하겠죠.)

 "장관님도 반대하셨겠군요."

 (어쩔 수 없는 일입니다. 국무장관으로서의 책임이 있으니까요.)

"2004년 일 때문은 아니고요?"

(그럴 리가요? 이미 지나간 일인걸요.)

맞네, 이 새끼.

이진은 존 캐리가 아직 앙심을 품고 있다는 것을 바로 알 수 있었다.

"아무런 조치도 없단 말씀이시죠?"

(현 상태로는 그렇습니다. 혹시 우리 국민의 직접적인 피해가 발생한다면 모를까요.)

"그럼 전 누군가 죽을 일만 기다리면 되겠군요. 잘 알겠습니다."

이진은 더 기대할 것이 없다는 생각에 전화를 끊으려고 했다.

그런데 존 캐리 국무장관이 한마디를 했다.

(전략적 판단이란 걸 아셔야 합니다.)

"누가요?"

(우리 정부도 그렇지만 러시아도 그렇고, 중국도 그럴 겁니다. 무슨 뜻인지는 워낙에 영민하신 분이니 잘 아실 겁니다. 그럼 이만.)

존 캐리 국무장관이 전화를 끊었다.

"뭐라고 합니까, 회장님?"

"우리가 너무 큰 모양이네요."

"예? 그게 무슨 말씀이신지……."

"분명 모종의 합의가 있었을 거예요. 우리가 너무 크니 지금 밟지 않으면 안 된다고 여기는 겁니다. SEE YOU가 조정해 주길 바랐는데 실패했으니까요."

"미친놈들이……. 우리가 어디 우리만 잘살겠다고 했습니까?"

와타나베 다카기는 이진의 말에 분개했다.

이진도 분개했다.

그러나 분해서 땅이나 치고 있을 시점은 아니었다.

그래 봐야 건강에만 해로울 것이다.

"공장장님!"

"예, 회장님!"

"현재 에티오피아 정부와 우리의 관계가 정확히 어느 정도 신뢰 수준이에요?"

"이번 문제가 없었다면 당연히 95퍼센트 이상입니다. 에티오피아 정부로서는 우리 테라로 인해 다른 나라에 뭐 하나 아쉬울 것이 없는 상황이니까요."

이진의 질문에 황인영 공장장은 확신했다.

와타나베 다카기가 추가로 물었다.

"공장장님! 확실한 데이터 분석 자료겠죠?"

"물론입니다. 기지 전략실에서 늘 분석을 하고 있습니다."

"국민들은요?"

"모두 테라를 좋아합니다. 아마 테라가 지원하고 운영하는 학교와 육아 프로그램, 그리고 전력 공급이 중단된다면 폭동이 일어날 겁니다."

"좋아요. 주요 반군 지도자들을 일시에 제거합시다. 그리고 우리 테라 관련 인물들은 모두 한 지역으로 이동시켜서 탈출시키고요."

"예."

마침내 이진의 입에서 작전 명령이 떨어졌다.

다시 지루한 시간이 흘렀다.

일단 보안 부대를 암하라 인근으로 이동을 시켜야 했다.

테라 유니버스 관련 인사들을 데려올 부대였다.

부대 배치가 완료되자 곧바로 대인 살상용 드론이 날아올랐다.

크기는 고작해야 어른 손바닥 정도다.

딸 이령이 개발한 배터리로 인해 별도의 충전 없이 시속 500킬로미터의 속도로 이틀 이상 비행이 가능했다.

작아서 눈에 잘 띄지도 않고 레이더에는 전혀 잡히지 않는다.

폭탄을 별도로 장착할 필요도 없다.

고농축 배터리가 폭탄 그 자체였다.

'테라 고스트'라고 이름 붙여진 드론이 벌 떼처럼 이륙했다.

일시에 제거해야 하는 반군 지도부만 54명이었다.

이는 에티오피아 정부에서 작성한 후 면책 특권을 주기로 한 명단이었다.

그 54명과 현재 테라 유니버스 직원들을 연금하고 있는 병력이 제거되면 곧바로 구출이 시작되고, 동시에 에티오피아 정규군이 암하라에 진입하도록 작전이 세워졌다.

이진은 이 작전을 시도하면서 다른 것도 테스트하기로 했다.

현재 에티오피아 상공에서 테라 기지를 감시하고 있는 수많은 감시망들을 무력화시키는 것이었다.

힘을 보여 주려는 것이었다.

미국이든 러시아든, 아니면 중국이든 테라에 대한 아주 작은 정보라도 놓치지 않으려고 필사적일 것.

그걸 일시에 무력화시킬 생각이었다.

"많이 떨립니다. 이 장치는 첫 테스트라……."

헨슨 박사가 거론하는 것은 일종의 전자기펄스(EMP) 무기였다.

공중을 향해 발사하면 일정 범위 내의 상공에 넓게 전자기폭풍이 퍼지면서 콤프턴 효과(Compton Effect)가 일어난다.

강점은 범위를 인위적으로 특정할 수 있다는 것과 지상

에는 전혀 영향을 미치지 않는다는 것이었다.

헨슨 박사의 손이 떨리는 것이 보인다.

이진이 다가가 버튼을 눌러 버렸다.

곧바로 여러 무선 통신망을 통해 각국의 신호들이 증폭되기 시작했다.

위성 및 감시 장치가 무력화된 것을 확인하는 것이다.

이어 테라 고스트들이 일제히 공격을 감행했다.

화면에 나타나는 결과는 놀라웠다.

바로 옆에 사람이 있는데도 딱 목표한 사람에게만 테라 고스트들이 달라붙었다.

그리고 압력 폭발이 일어났다.

당한 사람은 곧바로 즉사했지만, 폭발의 반동이 반대편으로는 없어 주변 사람들 중에는 부상자조차 없었다.

이진은 만족했다.

곧바로 철수 작전도 시작되었다.

그리고 정부군이 암하라 지역으로 전진하자 여기저기서 흰색 깃발이 펄럭였다.

이진의 완벽한 승리였다.

뉴스는 에티오피아 사태가 정부군의 일방적인 승리로

마무리되었다고 타전했다.

일부 사망자가 나왔지만 대부분 군인이었고 일반인의 피해도 없었다.

이진은 이번 일을 통해 커다란 깨달음을 얻었다.

정치는 정치, 경제는 경제, 그에 더해 인류사에 아직 해결하지 못한 모든 문제들이 기술 혁명으로 인해 해결될 수도 있다는 믿음을 가지게 되었다.

기술은 그냥 기술로 끝나지 않는다.

이진은 곧바로 귀국해 연구 시설 확충과 인력 확보에 들어갔다.

2016년 7월 26일, TV조선은 청와대 안종범 수석이 미르재단에 압력을 행사했다는 보도를 하고, 8월 2일에는 K스포츠에도 압력을 행사했다는 보도를 했다.

8월 12일까지도 청와대와 두 재단이 관련이 있다는 보도를 했다.

일반인들에게 흔히 알려진 것과는 달리 사실 최서원 게이트라고 불리는 전대미문의 사태는 우익으로 분류되는 조선일보와의 갈등으로 점화가 된 셈이었다.

곧바로 여기저기서 확인되지 않은 루머들이 퍼져 나오면서 사태는 걷잡을 수 없이 확산되었다.

그런 가운데 테라는 한국과 에티오피아에 과학 기술 대학을 설립한다는 발표를 했다.

그러나 그런 뉴스는 이미 불어닥치기 시작한 정치적 광풍에 묻혀 뉴스거리조차 되지 못했다.
여름방학 내내 한국에 머물렀던 아이들이 돌아가자 성북동 저택에는 이진과 메리 앤만이 남았다.
어머니 데보라 킴과 안나가 아이들을 돌보겠다며 거의 반강제로 메리 앤을 한국에 남게 했다.
한국에서 이진을 살펴 주라는 배려였다.
11월이 되자 사태는 더 확산되었다.
그런 가운데 대통령은 11월 2일 무모한 개각을 단행했다.
자충수를 둔 셈이었다.
곧바로 더불어 민주당과 국민의 당이 반격에 나섰다.

그날, 퇴근을 하고 돌아오니 성북동에는 손님이 와 있었다.
바로 민주번영당 원내 대표가 된 전희찬 의원이었다.
"회장님!"
"요즘 바쁘실 텐데……."
"그래서 왔습니다."
"잠시만 기다리세요. 여기 차 좀 내와요."
이진은 전희찬 의원을 기다리게 한 후 일단 옷을 갈아입고 씻었다.
그러는 사이 메리 앤이 문을 열고 들어왔다.
"왜 왔대?"

"글쎄!"

"대통령 문제 때문 아니야? 자기는 어떻게 그렇게 선견지명이 있어? 나야 최서원이 좀 싸가지 없어서 기분 상하기는 했지만, 자긴 대통령을 한 번도 단독으로 만나지도 않았잖아."

"당신이 싫어해서 안 만난 거지."

"농담은. 정말?"

"그럼 내가 당신이 싫어하는 사람을 왜 만나?"

메리 앤은 믿는 듯 마는 듯하다.

메리 앤은 이진이 그동안 청와대를 대한 태도가 이제 와서는 도움이 되었다고 생각하는 모양이었다.

그러나 이진의 생각은 그렇지 않았다.

"어떻게 할 거예요?"

"뭘?"

"하는 말로 봐서는 대통령이 물러나지 않으면 탄핵이라도 할 기세던데……."

메리 앤은 이진의 결정이 현재 정국에 미칠 영향을 잘 알고 있었다.

그래서 원내 3당인 민주번영당의 원내 총무가 온 것이다.

여당과 제1야당 어느 쪽도 과반수를 채우지 못한다.

결국 민주번영당이 키를 쥐고 있는 셈.

이진의 한마디에 대통령의 운명이 결정될 수도 있었다.

그러나 이진은 어떠한 결정을 할 마음의 준비도 되어 있지 않았다.

'벌써 꽤 됐지?'

명상에서 어떤 키워드가 나오지 않았고, 그래서 모나노 빨간 펜을 사용해 본 적도 오래되었다.

아이러니한 일이었다.

시도해 보지 않은 것은 아니다.

매일 혹시나 싶어 명상을 하고 나면 떠오른 것들을 빨간 펜으로 그려 보았다.

그러나 아무것도 써지지 않았다.

잘하고 있어서인지 아니면 제멋대로 해서인지 알 수 없었다.

어쨌든 정치 문제에 직접적으로 개입하는 것은 삼가야 할 일이었다.

대통령의 탄핵이 옳다고 생각해 그 길에 동참하는 것이 당장은 옳은 일일 수도 있다.

그러나 나중에는 그것이 옳지 않은 일이 될 수도 있다.

정치란 그런 것이다.

또 여론이란 시시각각 자극적인 문제들에 원초적으로 반응한다.

가장 원초적인 것이 바로 군중 심리라고 알렉산더 엘더는 말했다.

인간의 믿음이나 정의가 얼마나 허약한가?

배고픔에도 쉽게 던져 버릴 수 있는 것이 그런 믿음과 정의다.

어쩌면 그래서 그런 믿음과 정의를 실천한 사람들이 더 추앙받는 것인지도 모른다.

그러나 이진은 적어도 누군가에게 추앙받기 위해 지금 살고 있는 것은 아니었다.

누가 들으면 웃을 말이겠지만, 이진은 지금 가족을 살리기 위해 살고 있었다.

'그것보다 소중한 게 있나?'

이진은 메리 앤의 볼에 키스를 한 후 밖으로 나갔다.

"회장님!"

"예. 요즘 어수선하더군요."

"그래서 찾아뵈었습니다. 아시다시피 우리 민주번영당은 색깔이 많이 다른 사람들이 모여 만든 당이라 의견이 엇갈립니다."

"그렇기도 하겠군요."

이진은 담담하게 대답했다.

"총재님과 전 회장님의 고견을 청취한 후 그걸 의원들에게 전하고자 합니다."

"에이! 고견은요."

이진이 손사래를 쳤다.

그러자 전희찬 의원이 침을 꿀꺽 삼키더니 말을 이었다.

"회장님께서 사실상 흘러나오기 시작한 탄핵 소추안 가결의 키를 쥐고 계십니다."

"내가요?"

"허허허! 아시다시피 우리 당 의석수를 보태지 않으면 어느 당도 법안 하나 통과시킬 수 없습니다."

제3당이 어느 정도의 의석수를 확보하면 극도로 대립한 여당과 제1야당도 이길 수 있다.

지금이 바로 그런 형국이었다.

"여당은 어때요?"

"많은 의원들이 탄핵에 찬성할 것으로 보입니다."

"배신자들이네."

이진의 배신자란 표현에 전희찬 의원이 다시 침을 삼켰다.

이진이 다시 말했다.

"대체 입만 열면 국민의 뜻, 국민의 뜻 하는데 정말 국민의 뜻이 뭐예요?"

"그 말씀은······."

"제대로 물어보긴 한 건가 해서 여쭤보는 거예요."

이진은 가볍게 말했다.

그러나 복심이 있었다.

"정확히 알 수는 없습니다만, 여론 조사도 있고 또 민심의 흐름이란 게······."

"다수결 혹은 과반수로 뭘 결정해야 한다면 뭔가 정확한 데이터가 나와야 하는 것 아니겠어요?"
"맞는 말씀이십니다."
이진은 지금 테라의 블록체인 기술을 정치에 접목시키는 것에 대해 이야기하고 있는 것이었다.
"솔직히 난 정치에 관심 없어요."
"하지만 정치가 없으면……. 송구합니다."
반론을 펴려던 전희찬 의원이 고개를 숙였다.
이진의 눈초리가 달라졌기 때문이었다.
"정치가 없으면 안 될 것 같죠? 누가 아니면 안 된다는 것이나 정치가 아니면 안 된다는 것이나 같은 거예요. 하지만 누군가가 없어도 다 돼요. 인류는 그렇게 살아왔어요."
"……."
"내가 없어도 테라는 굴러갑니다. 난 내가 아니면 테라를 경영할 수 없기 때문에 하는 게 아니에요."
"그 말씀은 극단을 경계해야 한다는 말씀으로 받아들이면 되겠습니까?"
전희찬 의원이 이진의 뜻을 넘겨짚었다.
"내 말은 탄핵 소추안에 대해서는 의원들 개인의 의사에 맡겨 두는 것이 좋을 것이란 이야기예요."
"아!"
"그리고 얻을 수 있는 것이 뒤따른다면 더 좋겠죠?"

"가령 예를 들면……."

전희찬 의원이 묻자 이진이 본론에 들어갔다.

"아시다시피 지금 우리 테라 기술은 모든 걸 실시간으로 처리할 수 있어요. 개개인의 증명, 인증, 의사 표시까지 전부 말이죠."

"예, 회장님!"

"투표도, 여론 조사도 실시간으로 끝낼 수 있어요. 블록체인 기술이면 고작 표본 조사가 아니라 더 추가되는 비용 없이 모든 일을 정치인들이 좋아하는 민주주의 원칙인 다수결로 처리할 수 있다는 거죠."

"…그렇습니다만!"

"받아들이지 않겠죠?"

"예. 아마 그럴 겁니다."

숨만 쉬고 나면 국민의 뜻이니 대의니 떠들어 대는 국회의원들은 자기가 관련된 일에는 다른 잣대를 들이댄다.

그걸 원천적으로 차단할 수 있는 것이 직접 확인하는 것이다.

테라의 기술로 그게 가능해졌다.

그러나 정작 그런 기술을 받아들여 활용하겠다는 정부는 아직 없다.

심지어 에티오피아 정부도 그 문제만큼은 양보하지 않고 있었다.

비용도 더 추가되지 않고 약간의 기술적 문제와 절차만 해결하고 나면 완전한 100퍼센트 순도의 여론 조사 결과가 나오는데도 말이다.

정치인들은 여전히 국민들을 자신들이 가르쳐야 할 어린아이 취급하고 있는 것이다.

그럼에도 입만 열면 국민을 받든다고 거짓말을 한다.

다수결이 옳을 수는 없다.

그러나 현재 그것이 권력을 나누는 방식이라면?

가능하면 정확하게 해야 할 것 아닌가?

"비용은 우리 테라가 다 대죠. 이번 사안으로 야당과 딜을 해 주세요."

"야당과만요?"

"여당과 해도 좋죠."

"구체적으로 어떤……."

"탄핵 소추안에 자유 투표를 하는 조건으로 동시 여론 조사 및 투표를 테라의 블록체인 기술로 향후 처리하도록 하는 법안에 서명을 하도록 만들어 주세요."

"……."

"부탁입니다."

이진은 명령이라고 하지 않고 부탁이라고 했다.

"그렇게 되려면……."

"당장은 힘들겠죠. 하지만 다음 정부에 이어서는 가능해질 겁니다. 선관위와 공영 방송에 우리 테라가 관련 장비를 제공하죠."

"……."

"그럼 말로만 국민의 뜻이라고 말하는 정치인들은 없어질 겁니다."

"알겠습니다. 회장님의 깊으신 뜻을 잘 전달하겠습니다."

전희찬 의원이 우호적으로 대답했다.

그러나 당장 전희찬 의원부터가 그게 달갑지 않을 것이다.

당리당략에 반하는 문제에 있어 예전처럼 이전투구로 몰고 갈 수 없게 될 것이 자명하기 때문이다.

그러나 지금의 혼미한 상황이라면…….

원하는 바가 뚜렷한 상황이라면 이 문제를 이면 합의로 받아 낼 결정적인 시기였다.

지금은 그야말로 폭풍 전야였으니 말이다.

"그럼 수고해 주세요."

전희찬 의원이 떠나자 메리 앤이 들어왔다.

"그 사람들이 그러려고 할까? 사실 말이 좋아 직접적인 여론 조사이지, 속을 도려내야 하는 일일 텐데……."

"싫어도 해야지. 아니면 계속 자기들 말이 국민의 말이라고 주장하면서 밥벌이에만 급급할 거 아니야."

"맞아. 김영란법만 해도 그래. 대체 어째서 국회의원들은 그 법의 제재를 받지 않는 거야?"

"그러게."

이진은 더 이상 그 문제를 메리 앤과 거론하고 싶지 않았다.

"우리 태양의 후예나 볼까?"

"응답하라 1988은 안 되고?"

"그건 안 돼. 나 송준기 팬이거든."

"왜? 어째서?"

"당신보다 잘생겼잖아."

"내가 돈은 더 많잖아."

"나도 돈은 많거든?"

성북동에 때 아닌 이진과 메리 앤의 만행에 가까운 농담들이 오갔다.

2016년 12월 9일.

국회는 본회의를 열고 대통령 탄핵 소추안 투표에 돌입했다.

재적 의원 300명 중 찬성 234, 반대 56, 무효 7, 불참 1로 탄핵 소추안이 가결되었다.

이로써 현 대통령의 권한은 모두 정지되었고, 국무총리가 권한 대행을 맡게 되었다.

헌정 사상 두 번째 일이었다.

그것도 불과 12년 만에 반복된 불행한 일이기도 했다.

혼란스러운 정치 상황으로 인해 연말 경기는 싸늘하게 식었다.

그럼에도 테라는 2015년에 이어 사상 최대의 실적을 올렸다.

12월 중순이 되자 크리스마스를 국내에서 보내기 위해 아이들이 모두 귀국했다.

데보라 킴과 안나 역시 성북동으로 들어왔다.

둘만 살아 삭막했던 성북동에는 활기가 넘쳤다.

바깥의 분위기와는 사뭇 달랐다.

12월 21일.

이진은 평소처럼 출근을 했다가 퇴근길에 백화점으로 향했다. 크리스마스 선물을 사기 위해서였다.

수행은 미국에서 건너와 이진을 보좌하게 된 메겐이란 비서가 했다.

마이크도 없고 오민영도 없었다.

그래서일까?

무언가 모르게 마음 한구석이 허전했다.

이진은 메리 앤 소유의 테라 백화점으로 향했다.

선글라스를 끼고 목도리를 해 이진을 알아보는 사람은 없었다.

매해 크리스마스 때마다 선물을 하지만, 해가 갈수록 고르기가 점점 어려워졌다.

돈이 많으면 선물을 사기 쉬울 것 같지만 외려 더 그렇지 않았다.

이곳저곳 기웃거리던 이진은 마음에 들지 않자 백화점 명품관을 빠져나왔다.

그때, 어디선가 절대 잊을 수 없는 목소리가 들려왔다.

'이 목소리는……?'

이진은 어이없게도 본능적으로 목소리를 쫓았다.

"회, 회장님!"

비서와 경호원들이 놀라 허겁지겁 달려들었다.

"잠깐만요. 잠깐만 기다리세요."

이진은 가까스로 한 사람을 붙잡을 수 있었다.

"왜 그러십니까?"

역시 절대 잊을 수 없는 목소리.

그런데 일면식도 없는 사람이다.

더더구나 그때 비행기에서 본 사람도 아니었다.

이진은 소름이 돋았다.

남자는 선글라스를 벗는 이진을 보더니 머리를 갸우뚱한다.

"몇 년 전 베이징행 비행기 타신 적 있죠?"

"베이징이요?"

"여보! 왜 그래? 아는 사람이야?"

그때, 대략 30대 후반쯤으로 보이는 여자가 다가오더니

신, 아니 남자에게 물었다.

"이분이 날 아는 사람으로 착각하신 모양이네. 한데 어디서 많이 본 분이긴 한데……."

"회장님!"

비서 메겐이 달려와 이진을 불렀다.

"혹시! 테라 회장님 아니세요?"

"……."

이진은 남자의 말에 아무런 대답도 하지 못했다.

분명히 그 목소리다.

그렇게 강렬한 목소리와 말투가 어떻게 잊힐 수 있단 말인가?

그런데 지금 남자의 목소리에는 그때의 패기도, 여유도 없었다.

심지어 부인으로 보이는 여자는 스마트폰 카메라로 이진을 찍으려다가 제지를 당하고 있었다.

'어떻게 된 일일까?'

이진은 난처했다.

"회장님! 아는 분이십니까?"

"그래요. 저기… 혹시 저 본 적 없으세요?"

"당연히 본 적 있죠. 이진 회장님이시잖아요."

이진은 다시 머리를 흔들어야 했다.

'다시 빨간 펜을 잡아. 신은 친절하지도 않지만, 가혹하지도 않아.'

그 말은 지금도 귓전에 울릴 정도로 선명했다.
그런데…….
이진은 가까스로 이성을 회복하려 애를 쓴 후 다시 입을 열었다.
"3년 전에요. 혹시 베이징 가는 비행기 안에서 저랑 만나신 적이 있지 않으세요?"
"베이징이요?"
남자는 어리둥절해한다.
그때 부인이 말했다.
"3년 전이라면……. 그때 우리 애경이 아빠는 병원에 있었어요. 거의 식물인간이 될 뻔했는걸요?"
이진은 그 말이 더 이해가 가질 않았다.
그렇다고 모른다는 사람을 이대로 붙잡아 둘 수는 없었다.
"실례했습니다. 제가 잘못 안 모양입니다. 사과의 뜻으로……."
메겐이 이진의 말이 끝나기도 전에 백화점 상품권 봉투를 건넸다.
"죄송합니다."
"괜찮습니다. 이진 회장님이신데요. 뵙고 싶어도 못 뵈는 분들이 많은데……. 사인 한 장 부탁드려도 될까요?"

부인이 상품권 봉투를 다시 내밀었다.
이진은 가까스로 사인을 하고 돌아섰다.
"회장님! 괜찮으십니까?"
비서 메겐이 걱정스러운 눈빛으로 물었다.
"사람 붙여요. 사돈의 팔촌까지 탈탈 털어 보세요."
"예, 회장님!"
분명히 뭔가가 있지 않고서는 가능하지 않은 일이었다.
신의 목소리라 여겼건만…….
그 목소리를 가진 사람이 지금 살아서 돌아다니고 있다.
대한항공 인천발 베이징행 퍼스트클래스.

'메시아가 아니야. 퍼니셔야. 그걸 하라고 박주운을 이진으로 살게 한 거야.'

그때의 그 생생했던 기억들.
이진은 지시를 내리면서 다시 남자를 먼발치에서 돌아봐야 했다.

제7장

금시초문 (1)

재벌집 망나니 7대독자

파사현정(破邪顯正).

2017년이 밝아 오자 교수 신문이 선정한 올해의 사자성어가 '파사현정'이었다.

그릇된 것을 깨뜨려 없애고 바른 것을 드러낸다는 의미로 시국을 반영한 사자성어였다.

대통령 탄핵 소추안이 통과된 후, 정국은 극심한 혼란에 빠져들었다.

그리고 이진 역시 극심한 혼란에 빠져들었다.

이진이 올해의 사자성어를 선정했다면 아마 오리무중(五里霧中)이었을 것이다.

새해가 밝은 후 열흘이 더 지나서야 비로소 백화점에서

만났던 그의 정체와 행보에 대한 조사가 끝이 났다.

시간이 더뎌진 이유를 비서 메겐이 설명했다.

"그다지 정보가 많은 편이 아니었습니다. 뭔가 있을 것 같아 조사를 계속 진행하다 보니……."

"들어 봅시다."

메겐이 황동철에 대한 조사 내용을 태어나서부터 시간대별로 읊기 시작했다.

이진은 한동안 묵묵히 듣기만 했다.

하지만 뇌를 다쳐 식물인간이 된 후부터는 별다른 내용이 없었다.

기적적으로 뇌사 상태에서 벗어났다는 것이 전부였다.

의학적으로 드문 케이스이긴 했지만, 그렇다고 없는 일도 아니었다.

메겐의 보고가 끝이 나자 이진은 물어야 했다.

"그것 말고는요?"

"딱히 어떤 경우를 말씀하시는 것인지……."

이진이 궁금해하는 것을 메겐이 구체적으로 알 수는 없었다. 알려 줄 수도 없는 일이었고 말이다.

"특이한 일이나 혹시 상식에서 벗어난 행동 같은 것 말입니다. 그런 일 없었어요?"

"아, 있긴 있습니다만, 그걸 특이하다고 해야 할지는……."

"뭔데요?"

이진이 턱을 치켜세우며 물었다.

뉴욕 테라에서부터 이진을 봐 온 메젠에게도 의외의 반응이었다.

투자계의 저승사자로 불리던 이진이 이만큼 커다란 반응을 보인 적이 있었나?

"처음에 뇌사에서 깨어난 걸 아무도 파악하지 못했었나 봅니다."

"그게 무슨 소리예요?"

"깨어난 것을 나중에야 알았다고 합니다. 병원에서 혼자 일어나 사라졌었답니다. 그것도 이틀이나 말입니다."

"그리고요?"

"집으로 돌아왔답니다."

"그 사이에는요?"

"출입국 관리 사무소에 알아보니 베이징행 비행기 왕복을 끊고 탑승한 후 곧바로 돌아온 것으로 보입니다."

"비즈니스 클래스는 아니었죠?"

"예. 이코노미였습니다. 그리고 그 일을 의사에게 물어보니 이는 갑작스러운 뇌 활동으로 인한 혼란으로 인해 예전에 하던 일을 무의식적으로 반복한 것으로 보인다고 말했습니다."

"흠!"

바로 그거였다.

틀림없이 황동철의 목소리를 신이든 누구든 이용한 것이다.

착각이거나 꿈은 아니었던 것이다.

그렇다면 알면서도 모르는 척하는 것일까?

아니면 혹시 신이 황동철의 목소리를 잠시 빌린 것일까?

그렇게 생각한다면 이건 거의 판타지 내지는 호러가 될 가능성이 있었다.

이진은 신을 믿지 않는다.

그러나 박주운은 신을 믿었다.

어떤 특정한 종교적 신념을 가지고 있었던 것은 아니지만 운명론자였다.

그래서인가?

"현재는 뭐 해요?"

"당연히 쉬고 있습니다. 아시다시피 성산물산은 저희 계열사로 편입되었습니다."

"그런데요?"

"대대적인 인적 쇄신이 있었고, 황동철은 보직을 받지 못해 대기 발령되었다가 퇴직했습니다."

"뇌사 상태였었던 병력이 문제였겠네요?"

"그럴 수도 있습니다. 하지만 예전 근무 기록이나 업무 실적을 보면 딱히 뛰어난 점이 없는 직원이었습니다."

"부족했단 말이에요?"

"아니요. 무난한 수준이었습니다. 잘한다고도 볼 수 없고, 못한다고도 볼 수 없는 그런 사람이었습니다."

"직급은요?"

"과장이 마지막이었는데, 그 직급으로 근무한 것은 몇 달 되지 않습니다."

뭔가 알아낼 수 있을 것이라 여겼는데 아무것도 없다.

잠시 신이 깃들었거나…….

이진은 그 생각을 하자마자 극심한 거부 반응이 느껴졌다.

정말 신을 믿어야 하는가라는 원론적이고 형이상학적인 질문을 스스로에게 해야 했다.

그러나 현재로서는 이 미스터리를 풀 수 있는 방법은 없었다.

신이 깃들었던 것이었다면 다시 올 수도…….

"가족관계는 어때요?"

"전에 백화점에서 본 부인 유정숙과 아들 하나와 딸이 하나 있습니다."

"……."

"부인 유정숙은 전업주부이고, 아들은 현재 전역 후 취업 준비 중입니다. 딸은 대학생인데 호주에서 워킹홀리데이 중입니다."

"본인은 다시 일할 마음이 있어요?"

"예? 아, 예. 전에 성산물산 경력을 위주로 자기소개서를 작성해 여러 곳에 제출했습니다. 한데 병력도 있고 또 성산 출신을 반기는 곳이 그다지 많지 않아서……. 나이도 있고요."

"재취업에 실패하고 있다?"

"예."

"맡았던 업무가 뭐예요?"

"영업 부서였습니다. 주로 물산에서 패션 영업 쪽을 담당했습니다."

"그럼 대리점 관리 같은?"

"예, 회장님!"

이진은 메겐의 대답에 잠시 멈칫했다.

그러다가 갑자기 입을 열었다.

"황동철 씨는 우리 감사 부서에 부장으로, 아들은 전공과 같은 부서에, 그리고 딸은 인턴으로 채용하세요."

"예? 아, 예. 알겠습니다."

메겐이 잠깐 더듬었지만 이내 대답을 했다.

무엇이 어찌 된 일인지는 모르지만, 곁에 두면 정체가 드러날 수도 있다는 생각이 들었다.

그래서 이진은 무리를 해야 했다.

가족 전체를 시야 안에 두고 지켜볼 생각이었다.

"그리고 내가 계열사 방문할 때 늘 배석시키세요."

"예, 회장님!"

서서히 코인 열풍이 불기 시작했다.

암울한 현실 속에서 대박을 꿈꾸는 사람들이 하나둘씩 가세하면서 암호 화폐 시장은 꿈틀거리기 시작했다.

그러나 이미 암호 화폐 시장의 지배적 존재인 테라 페이로 인해 전 같지는 않았다.

테라 페이는 이미 공인받지 않은 공인 화폐였다.

이를 두고 여기저기서 정치적인 발언들이 쏟아져 나왔다.

이진은 그 와중에 리브라를 떠올렸다.

리브라는 페이스북이 추진 중인 스테이블 코인이다.

2020년 발행을 목표로 개발 중이었는데, 은행 예금이나 단기 국채 등으로 리브라를 사서 전자 지갑에 저장해 두었다가 전 세계 어디에서든지 사용할 수 있도록 하겠다는 목표를 세웠다.

그러나 리브라의 발행은 페이스북이 사실상 통화를 만들어 운영하겠다는 의미이기 때문에 국제 통화 질서에 혼란을 줄 수 있다는 우려가 나왔었다.

그래서 누구도 반기지 않았었다.

그러나 이번에는 페이스북이 리브라를 추진할 가능성은 없었다.

이미 페이스북 내의 모든 거래는 테라 페이를 통해 이루어지고 있었기 때문이었다.

테라 페이는 막강하다.

암호 화폐들이 가진 가장 큰 문제점인 지불 가능성에서는 테라 그룹의 보증으로 인해 현재 가장 신뢰도가 높았다.
 또 기존의 암호 화폐는 거래 처리 속도가 느려 통화 화폐로서의 기능에 한계가 있었다.
 비트코인은 1초당 7건 정도를 처리할 수 있을 정도이지만, 테라 페이의 경우 1초당 처리 건수가 완성된 금융 허브와 통신 기술로 인해 이미 무제한이나 마찬가지였다.
 세계 각국 정부에게 테라 페이는 위협적인 존재였다.
 이진도 그에 대한 대책에 들어갔다.
 우선 7월 함부르크에서 열리는 G20 정상 회의 때까지 각국 정부들을 설득할 대안이 필요했다.
 2월에 들어서자 테라에서는 거의 매일 금융 전문가들이 모여 회의를 열었다.
 그러는 사이 여기저기서 테라에 비우호적인 기사들이 흘러나왔다.
 가장 대표적인 예가 바로 에티오피아 반군 문제였다.
 상황은 종료되었지만, 그 과정에 사실상 테라의 병력이 개입했다는 보도가 익명으로 흘러나오기 시작했다.
 하나의 기업이 군사력을 보유해 한 나라의 반란을 진압했다면 이건 큰 국제적 문제가 될 수 있었다.
 군사력을 보유한 초거대 기업.
 그런 기업을 반길 정부는 세계 어디에도 없었다.

"뉴스의 진원지는 러시아입니다. 사실상 에티오피아 반군을 러시아가 지원했으니까요."

연일 계속되는 회의의 주제가 뉴스로 바뀌었다.

'아니 땐 굴뚝에 연기 날까.'라는 생각들이 꼬리에 꼬리를 물면서 점점 테라에 불리한 여론을 조성하고 있었다.

강우신이 물었다.

"그들이 바라는 건 뭘까요?"

"그야 당연히 테라 페이를 경계하려는 것이겠죠. 러시아에서도 이제 루블화를 제치고 거래량 1위를 차지했으니까요."

"맞습니다. 당장 대놓고 나서면 우리가 불이익을 가하지 않을까 우려가 되니 은밀하게 선동에 나선 겁니다."

"그럼 러시아에 먼저 보복 조치를 하는 게 낫지 않겠습니까?"

강우신이 이야기를 듣다가 이진을 향해 물었다.

그런데도 이진은 골똘히 다른 생각에 잠겨 있었다.

황동철을 데려와 감사 부서에 배치하고 지켜본 지 벌써 근 한 달째.

한데 어떤 기미도 보이지 않는다.

심지어 수행에 데리고 다니면서 같은 차에 태워 대화도 나눠 봤지만 그냥 평범한 직원에 지나지 않았다.

이진은 여전히 그 생각뿐이었다.

"회장님!"

"아, 예. 뭐라고 하셨죠?"

이진은 강우신에게 되물었다.

"러시아 말입니다."

"아! 그 문제는 지켜보죠. 만약 이번에 우리가 먼저 나서면 되돌릴 수 없을 수도 있습니다. 일단 저쪽에서 먼저 무언가 조치를 취할 때까지는 숨죽이고 있죠."

"그럼 7월까지 말씀이십니까?"

"예. G20 회의 때까지는 기다리죠."

"하면 언론은요? 점점 불리한 기사로 강도를 높여 가고 있는데요?"

"하하하! 우리야 아니라고 딱 잡아떼면 되죠."

"그게……."

"가짜 뉴스도 때로는 진짜가 되기도 하는 법입니다."

"푸첸처럼 말씀이로군요?"

와타나베 다카기가 눈치를 챘다.

현대인들은 진실 밖의 시대에 살고 있다.

탈진실이라고 한다.

유발 하라리는 사방이 거짓말과 허구로 꽉 막힌 무서운 시대라고 했다.

정말 그랬다.

푸첸이 가장 좋은 예다.

러시아 특수부대가 크림 반도의 주요 시설들을 점령했

을 때, 국제적인 공분이 일었다.

세계 각국이 즉시 항의했다.

그러나 푸첸은 일관되게 한마디만 했다.

그들은 러시아 특수부대가 아니며 우크라이나 반군이라고.

러시아 무기를 쓴다고 러시아군이라고 말하지 말라고 했다.

새빨간 거짓말이란 걸 누구나 알고 있었다.

다들 어이가 없었다.

그러나 할 수 있는 것도 없었다.

지금 이진이 말하는 것은 바로 그것이었다.

에티오피아 사태에 대해 은밀한 정보를 흘리는 것은 다름 아닌 테라 페이에 대한 일종의 경고다.

테라에 흠집을 내 경계심을 끌어 올려 정부 간 협력을 이끌어 내려는 것이다.

아무리 테라 페이가 막강해도 모든 정부가 테라를 보이콧한다면 망하는 일만 남는다.

말려들 수 없는 일이었다.

그리고 대다수 국가들의 정보 부서들은 그 일에 테라의 보안 병력이 개입했다는 것을 안다.

아니 땐 굴뚝에 연기 날까?

한데 테라가 딱 잡아떼면?

그들은 할 수 있는 일이 없다.

어쩌면 테라가 스스로 그걸 인정하길 바라는 것일 수도 있었다.

그러나 이진은 절대 그럴 생각이 없었다.

그걸 빌미로 보복을 하면 그때 보복에 나선다.

그럼 여전히 에티오피아 반군 작전은 에티오피아 정부군의 공이 되는 것이다.

어느 누구도, 심지어 미국 정부도 테라가 그렇게 가공할 무기들을 보유하고 있는 걸 용인하려 들지는 않을 테니 말이다.

"딱 잡아떼세요. 반복해서 우린 그런 일이 없다고 보도를 내보내세요. 에티오피아 생산 기지를 자기들 나라로 이전하려는 모략질이라고 막 몰아붙여요."

"……"

이진의 거의 황당하다시피 한 말에 아무도 입을 열지 않았다.

그리고.

"오늘 점심은 황동철 부장이랑 먹을 테니까 그렇게 아세요."

"예? 아……."

"아쉬우면 와타나베는 다음에, 그리고 우리 강 회장님은 그다음에……."

이진이 벌떡 일어나 밖으로 나갔다.

모두들 어이가 없는지 서로를 바라본다.

"황동철 부장이 누구예요?"

하도 답답한지 강우신이 물었다.

"본사 감사팀 부장입니다. 요즘 수행에도 데리고 다니세요."

"그럼 여직원 아니네요. 아, 미안합니다. 성적 발언은 아닙니다. 하도 어이가 없어서요."

블라이스가 직설적으로 말했다.

"그렇긴 한데 말이 되긴 해요."

"뭐가요?"

"딱 잡아떼고 우리가 한 건 아니라고 말하는 거 말입니다. 더 좋은 방법 있어요?"

"……"

더 좋은 방법이 있을 리 없었다.

"그럼 금시초문이라고 합시다. 관련된 일을 기자들이 물으면 금시초문이라고 하면 되죠."

강우신의 말에 블라이스와 와타나베 다카기가 거의 동시에 물었다.

"금시초문이 무슨 뜻입니까?"

"아, 나 또 그런 말까지 설명해야 하는 일이 생겼다는 게 금시초문이네요."

이진은 황동철을 만나기 위해 구내식당으로 내려갔다.
"같이 식사하는 것 괜찮죠?"
"이를 말씀이십니까. 회장님과 식사하는 건 워렌 버핏과 식사하는 것보다 비싸다고들 하는걸요."
"그런 말은 금시초문이네요. 오늘은 둘이 먹읍시다."
이진은 비서 메겐을 물러나게 했다.
그리고 자리에 앉자마자 물었다.
"궁금한 것이 있어요. 내가!"
"예. 말씀하십시오."
황동철이 자세를 바르게 했다.
평소 같으면 편하게 앉으라고 했을 텐데, 이진은 그러지 않았다.
"전에 다쳐서 병원에 계셨죠?"
"아, 예. 하지만 다 나았습니다."
황동철은 이진이 병력이 있었다는 것을 문제 삼는 것으로 생각하는 모양이었다.
"그때 말이에요. 정신을 차리시고 베이징에 가셨었죠?"
"예. 저도 참 당황스러웠습니다. 한데 그건……?"
"내가 그때 황 부장이랑 같은 비행기를 탔어요."
"예?"
황동철이 크게 놀란다.
정말 몰랐다고밖에 볼 수 없었다.

"대화도 나눴어요."

"제가 회장님과요? 무슨 대화를……?"

이진은 주의 깊게 황동철을 살폈다.

그러나 뭔가를 숨기고 있다고 볼 만한 징후는 어디서도 찾아볼 수 없었다.

이진은 황동철의 눈, 귀, 코, 입술, 그리고 뺨의 피부 변화에 목젖의 움직임까지 살펴야 했다.

그러나 어디에도 이상 징후는 없었다.

정말 모르는 것이다.

"사실 그때 일은 저도 당황스럽습니다. 기적처럼 살아나서 한 일이 저도 모르게 베이징으로 바이어를 찾아가는 일이었다니요."

"바이어요?"

"예. 전에 성산물산에서 제가 영업과 구매를 담당했습니다. 사고 직전 큰 영업 손실이 나는 일이 생겼었거든요."

"어떤 일이요?"

이진이 캐묻자 황동철은 침을 꿀꺽 삼켰다.

사실 테라 회장이 고작 그런 일에 관심을 갖는다는 것이 의아했다.

어쨌거나 대답을 했다.

"중국 회사에서 납품받기로 되어 있는 물건이 있었습니다. 그런데 그게 딜레이되면서 이사님께 엄청나게 깨졌지요. 죄송합니다."

"아니에요. 편하게 말씀해 보세요."

"예. 그때 이사님이 이만식 회장님의 따님이신 이서경 이사님이었습니다."

"아!"

"한꺼번에 대량으로 특수 직물을 구입하고는 대금을 미리 지불했습니다. 한데 나중에 알고 보니 사기였습니다. 대금만 받아먹고 회사가 없어져 버린 거죠."

"그래서요?"

이진은 이야기가 흥미진진했다.

이만식도 나오고 이서경도 나오니 더 그랬다.

"이서경 이사님이 저에게 총대를 메도록 했습니다. 그래서 전 그 전에도 중국에 가서 밤낮으로 돌아다녔었지요."

"아… 한데 못 찾았군요."

"예. 도무지 납품 계약을 했다고 믿기 어려울 정도였습니다. 게다가 상당한 거금이었습니다. 그런 대금을 이서경 이사님이 선지급한 것도 이해가 가지 않았고요."

"……."

황동철의 눈에 습기가 서렸다.

서러운 일이 이어진 모양이다.

"아무 소득 없이 회사로 돌아와서 직원들 하는 이야기를 들으니 제가 중국 페이퍼컴퍼니와 짜고 대금을 횡령한 것이 아니냐는 소리들을 하더군요."

"그랬어요?"

"예. 그래서 너무 황당해 그길로 따지러 갔지요. 가다가 그만……."

"업무상 재해네요."

"예?"

이진의 말에 황동철이 의아해했다.

"하하하! 그냥 한 소리예요. 어쨌든 그렇게 쓰러져서 입원을 한 것이군요."

"예. 한데 정말 이상했습니다. 제가 쓰러져 병원에 눕자 그 이야기가 쏙 들어갔다고 하더군요. 나중에 안 일입니다. 근데 그때 회장님을 뵈었다니요?"

"우연이 필연인 거죠."

"감사합니다."

이진은 더 이상 묻지 않고 식사를 했다.

지금 황동철의 증언. 증언이라면 증언이다.

그의 말을 들어 보면 그는 죽었어야 한다.

죽었어야 할 사람인 것이다.

그래서 신(神)이 그런 사람을 이용해 이진에게 메시지를 전한 것일까?

신이 아닐 수도 있다.

그럼 무엇이란 말인가?

말없이 식사를 하며 이것저것 생각할 때, 멀리 있는 테이블에 어디서 많이 본 얼굴이 시야에 들어왔다.
'어디서 봤지?'
이진이 정체를 파악하려 할 때.
"NBS 정 보도국장입니다. 기사 때문에 홍보팀에 온 모양입니다."
"그래요? 언제 보도국장이 됐어요?"
이진은 시시콜콜 물었다.
"원래는 뉴스핫 PD였습니다. 그러다 줄을 잘 탔지요."
"누구 줄이요?"
"처음엔 전 대통령이었고, 지금은 야당 쪽에 붙어 있습니다."
"흠!"
"아마 우리 회사에 뭔가 뜯어먹을 것 있을까 싶어 왔을 겁니다. 전에 물산 때도 연예인들 협찬 문제를 걸고넘어져서 진땀을 뺀 적이 있었습니다."
"알 만하네요."
이진도 잘 아는 인간이었다.
아니, 박주운이 잘 아는 인간.

'박 이사님! 저 뉴스핫 정 PD요. 결정 나셨다면서요?'

그 간사했던 목소리…….
아니, 그때는 정의로운 언론인 정도로 생각했었다.
박주운은 그랬다.
그래서 자료를 가지고 미사리에서 만나기로 했다.
대검 한 검사와 함께 말이다.
그리고 박주운은 죽었다.
만약 정일영이 동선을 말하지 않았다면 이재희도 박주운이 한밤중에 미사리로 차를 몰고 갈 줄은 몰랐을 것이다.
한통속이었던 것이다.
그런 놈이 이제는 공중파 방송 보도국장이라니?
"메겐."
"예, 회장님!"
이진이 부르자 메겐이 쏜살같이 달려왔다.
"홍보팀장 좀 오라고 해요."
"예."
메겐이 다가가 인사를 하고는 홍보팀장을 불렀다.
홍보팀장은 옷매무새를 고치더니 다가와 머리를 숙였다.
"회장님! 부르셨습니까?"
"예. 누구예요?"
이진이 묻자 가자미눈으로 정일영을 바라보는 홍보팀장.
"NBS 보도국장입니다. 근래 하도 우리 테라를 물고 빨고 해서 좀 달래기라도 해 볼까 해서 들였습니다."

"그래요? 그럼 내가 한번 만나 볼까?"

"아이고, 회장님! 회장님께서 친견할 만한 새끼가······. 죄송합니다. 아닙니다."

"아니에요. 한번 만나 볼게요. 식사하고 우연히 지나가다 만나는 걸로 합시다."

"예, 회장님!"

홍보팀장은 이진의 말을 찰떡처럼 알아들었다.

다시 돌아가 자리에 앉자 정일영 보도국장이 이진이 앉은 쪽을 계속 힐끔거렸다.

그러나 섣불리 일어나 다가오지는 못했다.

아무리 회사 안이라고 해도 경호원들 둘이 앞뒤로 이진을 보호하고 있었기 때문이었다.

식사를 마친 이진은 황동철에게 말했다.

"부장님!"

"예."

"부장님 자제분들은 어떠세요?"

"예, 덕분에 잘 적응하고 있습니다. 정말 감사드립니다."

감사받고자 한 일은 아니다.

"혹시라도 베이징 가는 비행기 안에서 일어난 일들 중에 새로 떠오르는 것이 있으면 알려 주세요. 너무 부담 갖지는 마시고요."

"예, 회장님!"

이진이 식사를 마치고 자리에서 일어났다.

그리고 자연스럽게 홍보팀장 쪽으로 걸음을 옮겼다.

"회장님! 식사는······."

"예. 잘 먹었어요. 요즘 회사 식당이 참 먹을 만하네요. 한데 이분은?"

"아, 예. NBS 보도국 정일영 국장님입니다. 우리 회장님이십니다."

홍보팀장이 소개를 하자 정일영이 벌떡 일어나 허리를 90도로 굽히며 인사를 했다.

"아이고! 테라 회장님을 직접 뵐 줄은 몰랐습니다. 영광입니다."

"제가 영광이지요. 불철주야 그냥 정권 눈치를 보느라······."

"회장님! 그쪽은 KBC입니다."

"아, 그렇죠. 이거 미안합니다. 우리 NBS는 그래도 지조가 있는 방송사인데 말입니다."

"그리 생각해 주시니 감사드립니다."

"그럼 언제 만나 언론 돌아가는 이야기나 좀 들을까요?"

"그렇게 해 주신다면야······. 사실 요즘······."

정일영 보도국장이 썰을 풀려 나대기 시작했다.

예전과 다를 바가 없었다.

가만히 두면 다음엔 무슨 말이 나올까?

누군가 테라를 헐뜯고 있고, 이번에는 물러나지 않을 것이란 말이 나올 것이다.

 그러나 이번엔 그런 이야기나 듣고 있을 수가 없었다.

 이진은 벌써 몇 걸음을 움직이고 있었다.

 정일영 보도국장이 똥 씹은 표정이 되려는 순간.

 "메겐!"

 "예, 회장님!"

 "편한 시간에 정 보도국장님이랑 저녁 약속 좀 잡아요."

 "예, 회장님!"

 정일영의 표정은 보지 않아도 다 알 수 있었다.

 이진은 다시 걸음을 옮겨 식당을 빠져나왔다.

 집무실에 온 이진은 와타나베 다카키를 불렀다.

 "한동우 검사란 사람이 있는데……."

 "한동우라면 대검 검사장입니다."

 "알아요?"

 "예. 특수통으로 예전에 성산 관련 사건을 다뤄 이만식 회장에게 치명타를 안긴 적이 있습니다."

 "치명타는 아니겠죠?"

 이진은 와타나베 다카키의 대답에 피식 웃으며 말했다.

 한동우 검사장.

 바로 박주운이 정일영 보도국장과 함께 미사리에서 만나기로 했던 놈이다.

이놈 역시 박주운을 불러내는 데 한몫한 놈이 분명했다.
그런 놈을 정의의 사도처럼 말하니 기가 막힐 따름이었다.
"예. 사실 어찌 보면 빠져나가도록 도왔다고 봐도 무방한데 사람들은 그렇게 생각하지 않더군요. 아무튼 한동우 검사장은 특수통으로 정평이 나 있습니다."
"특수통이 아니라 기획 수사통이겠죠."
"하하하! 그도 그렇습니다. 한데 그 사람은 왜……?"
"색깔이 어때요?"
이진은 와타나베 다카기의 질문에 대답하지 않고 물었다.
"원래는 친여권이었습니다. 한데 지금은 친야권이라고 봐야 합니다."
"얍삽한 새끼네."
"그렇습니다. 전에……."
"괜찮아요."
"예. 전칠삼 어르신 밑에서도 좀 일을 본 적이 있습니다."
"그래요?"
"예. 우리 쪽 사람이 법무부 장관까지 물망에 올랐다 내려갔을 때 그 틈을 파고들었습니다."
"흠!"
이진은 더 말이 없었다.
그러자 와타나베 다카기가 묻는다.
"그나저나 헌법 재판소 판결이 어떻게 될지……."

"아! 그건… 아마 인용될 겁니다."

"하지만 안 될 거란 반론도 만만치 않습니다. 국민감정으로야 당연히 탄핵이 되겠지만, 그 수치도 정확한 것은 아니고……."

"그래서 내가 투표도 전자 투표로 하자고 하는 거예요. 비용도 별로 안 들고, 정확한 국민 여론을 알 수 있잖아요."

"그렇습니다만… 정치인들이 받아들이려 들지 않으니……."

"시간을 가지고 가요. 그리고 그 한동우 검사장에 대해 좀 자세히 알아봐요."

"예, 회장님!"

와타나베 다카기가 물러났다.

이진은 다시 황동철에 대한 생각에 잠겼다.

대체 뭘까?

〈피청구인의 법 위배 행위가 헌법 질서에 미치는 영향과 파급 효과가 중대하므로, 피청구인을 파면함으로써 얻는 헌법 수호의 이익이 압도적으로 크다.

이에 재판관 전원의 일치된 의견으로 주문을 선고한다.

주문:피청구인 대통령 박근혜를 파면한다.〉

헌법 재판소는 2017년 3월 10일 대심 판정에서 피청구인 박근혜 대통령을 대통령직에서 파면시키기로 재판관 8명 전원 일치로 결정했다.

헌법 재판소의 대통령 탄핵 결정을 대다수 국민들은 당연한 것으로 받아들였다.

그만큼 대한민국 첫 여성 대통령에게 걸었던 국민적 기대는 컸었다.

그래서 배신감도 그에 못지않았다.

그러나 법리적으로 볼 때 헌법 재판관들의 판단은 수많은 오류를 범하고 있었다.

그러나 그런 문제들은 국민 대다수가 바라는 일을 완수했다는 대중의 열망 속에 묻혀 버리고 말았다.

이진은 이것이 바로 이른바 민주주의의 맹점이란 생각이 들었다.

대통령 탄핵을 반대해서가 아니었다.

이진은 찬성했다.

마땅히 대통령이라면 국민이 준 권력을 누군가와 나누어서는 안 된다.

그런 면에서 볼 때 파면은 정당하다.

그러나 법리적으로 볼 때는 전혀 그렇지 못했다.

법의 맹점이라고 해야 하나?

헌법이든 아니면 하위법이든 언제든 재판관들의 주관적

지식 혹은 개인적 의사가 판결에 영향을 미친다면?

 법은 지나치게 광범위하게 해석되어 피해자를 양산할 수 있었다.

 이것은 정치적인 문제가 아니라 인간 본성의 문제였다.

 이사들은 이진이 대통령 탄핵이 결정될 것이라고 말한 것을 두고 쑥덕거렸다.

 그러자 이진은 자신이 그런 말을 한 적은 없다며 딱 잡아뗐다.

 헌법 재판소의 결정 이후 대한민국 국민들의 삶은 그다지 나아진 것이 없었다.

 단지 잠시 속이 시원했다고나 할까?

 이진이 보기에 딱 그 정도였다.

 누구보다 바쁜 사람들은 정치인들이었다.

 곧바로 대통령 선거일이 공고되고, 흑색선전이 난무하는 선거판이 벌어졌다.

8권에 계속

www.mayabooks.co.kr

www.mayabooks.co.kr